Ein Münchner auf Sylt

BOOKS on DEMAND

Vielen Dank für die Inspiration bei Kaffee und Pfannkuchen mein erstes Buch zu schreiben. Seitdem sind wir immer wieder in die Alte Backstube in List eingekehrt und haben uns über die erlebten Geschichten ausgetauscht.

Christoph Maria Wenter

Ein Münchner auf Sylt

Unser erstes Jahr auf der Insel

Bibliografische Information der Deutschen Nationalbibliothek:
Die Deutsche Nationalbibliothek verzeichnet diese
Publikation in der Deutschen Nationalbibliografie; de-
taillierte bibliografische Daten sind im Internet über
http://dnb.dnb.de abrufbar.

Herstellung und Verlag: BoD – Books on Demand,
Norderstedt

ISBN: 9 783752856934

Inhaltsverzeichnis

Meine Frau lebte in Essen und ich hatte mein Zuhause in München. Die weite Entfernung hatten wir entweder mit dem Flieger oder mit dem Zug überwunden. Es war jedes Mal ein zeitlicher Aufwand für beide. Und dann kam noch dazu, dass Abschied nehmen sowieso nicht meine Stärke ist. Ich kann mich von unwichtigen Dingen und Menschen trennen, nur ein Abschied bis zum nächsten Wiedersehen fühlt sich einfach ungut für mich an. Und so kam es, dass wir uns beide hinsetzten und überlegten, was der nächste richtige Schritt in unserem Leben ist. Da ich als Mimikresonanz-Trainer einer wundervollen Tätigkeit nachgehe, die ich von überall auf der Welt erfüllen kann, schien es so, dass Essen unser neues gemeinsames Zuhause werden wird. Ich würde mein Männer-WG-Doppelzimmer in München aufgeben, meine 7 Sachen in ein Auto packen und nach Essen zu meiner Frau ziehen. Es klang ganz einfach. Doch dann mischte der Vermieter in Essen in das Spiel, und schickte meiner Frau eine Kündigung wegen Eigenbedarf. Hoppla! Das hatten wir gar nicht auf dem Bildschirm, und es brachte eine neue Komponente in unsere Überlegungen. „Wenn wir jetzt auch keine Wohnung mehr in Essen haben, was machen wir denn dann?", fragten wir uns. An welchem Ort wollen wir denn dann leben? Einerseits sind die Mieten in Essen doch deutlich günstiger als in München und das Angebot auch um ein Vielfaches größer. Andererseits ist das Freizeitangebot in München viel attraktiver. Wir überlegten hin und her und beschlossen, wie in früheren Zeiten, die Zeitung und das Internet nach Wohnungen in Essen zu durchforsten. Da waren echt feine Angebote dabei, und wir vereinbarten Termine. Schon die erste Wohnung schien ein Volltreffer zu sein. Ihre Lage war im grünen Süden von Essen und bot alles was wir uns so gewünscht hatten. Balkon, eine Einbauküche, und ausreichend Platz. Im alten Zuhause beratschlagten wir, ob es diese Wohnung werden würde. Ich fragte meine Frau: „Möchtest Du eine Wohnung in Essen mieten?" Und für etwa 100 Millisekunden – handgestoppt – sah ich folgendes: die Augenbraueninnenseite ging nach oben und es bildete sich das typische Faltendreieck an der oberen Stirn. Ich war mir todsicher, dass ich gerade das sichere Anzeichen für Trauer gesehen hatte. Ich überlegte kurz und konnte mir keinen Reim darauf machen. Meinem ersten Impuls folgend, sagte ich zu ihr: „Schatz ich habe gerade ein Signal von Trauer in deinem Gesicht wahrgenommen. Liege ich da richtig und kannst Du mir erklären warum?" Sie sah kurz überrascht aus, doch dann kam ein echtes Lächeln in ihr Gesicht und sie nickte. Sie sagte: „Ich fahre jetzt schon seit vielen vielen Jahren nach Sylt. Ich liebe diese Insel und fühle mich dort super wohl. Doch jedes Mal, wenn ich von Sylt nach Hause fahre, habe ich feuchte Augen und fühle mich deprimiert. Ich habe den Traum einmal in meinem Leben auf Sylt zu leben".

Ich überlegte für mich, und kam zu dem Ergebnis, dass meine Frau das Gefühl hatte, die Erfüllung eines ihrer Träume zu verlieren. Und genau so war es auch. Die Gedanken, in Essen eine Wohnung zu beziehen, in der wir dann gemeinsam wohnen würden, verursachte das Gefühl von Verlust ihres Traums.

Nach einigen Momenten Nachdenkens hörte ich mich sagen, „na dann lass uns doch nach Sylt ziehen und anfangen Träume zu verwirklichen". Wohl wissend, dass ich noch nie auf Sylt war und keine Ahnung hatte, auf welches Abenteuer ich mich einlassen würde.

Doch mit dieser wunderbaren Frau an der Hand, war ich mir sicher, dass solche Herausforderungen genau die richtigen Inspirationen sind. Wir würden diesen Weg mit Leichtigkeit gemeinsam gehen. Unsere Entscheidung kam von Herzen und fühlte sich vollkommen richtig an. Und wenn Du liebe(r) Leser/in wissen möchtest, was wir alles erlebt haben, dann lies einfach in meinem Buch hier weiter. Dabei wünsche ich Dir viel Spaß und Inspiration.

Biike?! „Ja wir waren hier! Und gleichzeitig waren wir doch nicht dabei". So lautete unser Slogan für Februar 2018 und so begann mein zweiter Besuch auf der Insel Sylt. Wir hatten uns fest vorgenommen, das legendäre Biike Brennen am 21. Februar zu besuchen. An Biike werden traditionell große gesammelte Holzstöße verbrannt, um die Geister des Winters zu vertreiben und Platz für den herannahenden Frühling zu machen. Ähm, im Februar? Das kann doch nicht ernsthaft klappen… das können die alten Friesen doch nicht wirklich als Ziel gehabt haben, als sie vor hunderten von Jahren dieses Ritual begingen, oder? Also falls sie es als Ziel hatten, so haben sie sicher flott gemerkt, dass der Winter trotzdem noch ein bisserl länger bleibt - aber für einen Abend, da war's warm. Und wie! Und um die alten Walfänger Richtung offene See zu verabschieden ist es auf jeden Fall klug gewesen, dass die Feuer auf der Insel hoch und lange brannten.

Am Feuer warten alle gespannt auf den altfriesischen Ausruf „Tjen di Biiki ön!" Ein Tusch, dann fliegt die erste Fackel ins Geäst. Kurze Zeit später stürzt die Tonne oder der Pidder, also die Strohpuppe, die inmitten der Biike auf einem Pfahl thront, in die Flammen: Jetzt ist der Winter vertrieben!

Von unserem Hotelgastgeber wussten wir, dass es in
diesem Jahr 9 verschieden Biike Feuer auf der Insel
gibt. Jede Gemeinde hat sein eigenes Feuer und möchte
auf die anderen Gemeinden schielend doch in jedem
Jahr das größere und schönere Feuer seinen Bewohnern
und besonders auch seinen Gästen bieten. Das Feuer
wird nach einer Ansprache, der sogenannten Feuerrede,
durch den Bürgermeister oder einer anderen Amtsper-
son entzündet. Hier geht es meist um aktuelle Themen
und alles was die Sylter in diesen Tagen bewegte. Die
Sylter müssen sich keinen Kopf darüber machen, was
sie nach Weihnachten mit ihren Tannenbäumen machen sollen. Diese werden aufgehoben und bilden dann
die Grundlage für den Holzhaufen. Wir beide packten
uns in unsere dicken Winterklamotten, zogen unsere
Mützen bis tief ins Gesicht und versteckten unsere
Hände in unseren Handschuhen, die wir vom Festland
mitgebracht hatten. Draußen pfiff der Wind ganz heftig
um die Häuser und es hatte gefühlte deutlich unter Null
Grad. Egal, wer ein Insulaner werden möchte, der darf
sich von so einem Wetter nicht abschrecken lassen.
Doch die ersten Schritte aus dem Hotel heraus, hatten
es echt in sich. Es war richtig kalt. Wir machten uns auf
den Weg nach Wenningstedt. Meine Frau meinte noch,
dass es wirklich eine ganz schöne Strecke von

Westerland nach Wenningstedt sei. Und fragte, ob wir nicht doch mit dem Auto fahren sollten. Doch ich winkte ab und meinte, dass für uns vom Festland so eine Entfernung doch gar kein Problem darstellen könne. Bei uns ist doch alles viel weitläufiger und hier auf der Insel sind es nun wirklich keine Entfernungen. Wir marschierten los und ich merkte, wie der eisige Wind mit seinen feinen Spitzen mir im Gesicht richtig wehtat. Egal, dachte ich mir. Mit diesem Feuer wird die kalte Jahreszeit ausgetrieben und bis dahin ist es ja schließlich nicht mehr weit. Entlang an den Dünen über den Fahrradweg machten wir uns auf den Weg nach Wenningstedt. Viele Menschen waren um diese Uhrzeit und Jahreszeit nicht unterwegs. Eigentlich trafen wir so gut wie niemanden, was mir schon ein wenig komisch vorkam. Wir marschierten weiter in die richtige Richtung und behielten die Uhr im Blick. Wir wussten es gibt einen Zeitpunkt, zu dem die Fackeln ausgegeben werden. Anschließend startete der Biike Umzug und kurze Zeit darauf wird der Biike angezündet. Mmmh brummte ich so vor mich hin. Es scheint ja doch ein längerer Weg zu sein, als ich dachte. Wenn wir jetzt mal so rechnen, dann wird es wohl knapp mit unserer Ankunft in Wenningstedt. Denn hier ist die Ausgabe an der Friesenkapelle und der Biike Standort ist noch ein ganzes Stück außerhalb. „Ich glaube wir schaffen das nicht", sagte ich zu meiner Frau und die Worte wurden durch den eisigen Wind in Fetzen gerissen. Sie nickte nur stumm vor sich hin. „Wollen wir uns nicht einfach in Richtung Hauptstraße bewegen und versuchen einen Bus zu bekommen?", fragte ich weiter. Ich musste die Frage wiederholen, da der Wind gerade besonders stark heulte. Sie nickte nur stumm vor sich hin und wir änderten die Richtung. An der

Hauptstraße angekommen, waren weit und breit kein Bus und kein Auto zu sehen. Es war wie ausgestorben auf den Straßen. Da in der Ferne ein Leuchten von Scheinwerfern. „Komm wir lassen uns mitnehmen und fahren zusammen nach Westerland zurück", formulierte ich meinen Vorschlag. Doch das Auto fuhr, ohne die Geschwindigkeit zu verringern, an uns vorbei. Wir gingen weiter zu Fuß in unsere Richtung und hofften wenigstens noch rechtzeitig in Westerland anzukommen, um wenigstens dort das Biike Feuer zu erleben. Schließlich ist das ein jährlich einmaliges Erlebnis und von der UNESCO zum Kulturerbe erklärt worden. Doch keines der wenigen Autos hielt an, um uns mitzunehmen und Busse waren auch weit und breit keine zu sehen. So trabten wir etwas lustlos vor uns hin und wussten beim Blick auf die Uhr, dass es wohl zu knapp für uns werden würde.

Was sollten wir tun? Traditionell wird an Biike Grünkohl, Bratkartoffeln, Schweinebacken, Kassler und Kochwurst verzehrt. Doch die meisten Restaurants sind nach dem Biike Feuer proppenvoll, da die Menschen sofort in die warmen Stuben stürzen. Wir schmiedeten den Plan, doch einfach jetzt schon zum Grünkohlessen in ein Restaurant zu gehen bevor die Anderen alle kommen. Dann haben wir einen Vorsprung bei der Bestellung und können so schon einmal das leckere Essen genießen. In der Friedrichstrasse fanden wir ein traditionelles Restaurant, den Kompass. Wir gingen hinein und ließen unseren Blick durch das Restaurant schweifen. Kompass ist eine bodenständige und ehrliche Kneipe, oder viel mehr Restaurant. Die Einrichtung ist rustikal und die Dekoration erinnert an die Seefahrt. Überall sind alte Fischernetze, es hängen Plastikfische und andere Meerestiere von der Decke und die Bilder an den Wänden zeigen Szenen von Walfischfahren. Die Kneipe war leer, doch viele Tische hatten ein kleines Schild, das uns darauf aufmerksam machte, dass hier kein Platz für uns ist. Weiter hinten entdeckten wir einen Hochtisch mit 2 Bänken und wir durften Platz nehmen. Allerdings wies uns die Bedienung darauf hin, dass wir den Platz eventuell mit anderen Gästen noch teilen werden. „Das macht nichts", hörte ich meine Frau noch sagen. „Wir freuen uns immer wieder über neue Bekanntschaften". Und mit einem Lächeln im Gesicht nahmen wir Platz. Wir bestellten das typische Biike Essen und waren schon sehr gespannt was es wohl zu essen geben würde. Bisher hatte ich nur von diesem Essen gehört. Doch der typische Geruch zog bereits durch das Lokal. Eine Mischung aus Schweinefleisch, Wurst, Grünkohl und Knoblauch. Es roch in meiner Nase sehr verlockend. Es war von den anderen Gästen noch nichts zu sehen. Wir wärmten uns auf, unsere Gesichter entspannten sich und langsam kam die Farbe wieder in unserem Gesicht an. Das herbe friesische Bier tat sein Übriges. Deutlich bitterer im Geschmack als das, was ich bisher kannte. Ja, ich möchte fast sagen zu bitter für meinen Geschmack. Ich ließ mir das nicht anmerken und trank tapfer mein friesisches Bier.

Dann kam die Bedienung mit 2 schwer beladenen Tellern um die Ecke und stellte diese dampfend vor uns ab. Zwei große Portionen Grünkohl. Mit großen strahlenden Augen sah ich die Bedienung an und fragte, ob dies alles für uns sei. „Ja", meinte sie, so sieht der traditionelle Teller aus. Wir nahmen Messer und Gabel in die Hand und begannen langsam zu essen. Es war eine wahre Freude für mich. Diese traditionellen Gerichte haben auf der ganzen Welt eine besondere Ausstrahlung für mich. Hier fließt noch viel von der Kultur und der Lebensweise der einzelnen Völker mit ein. Hier auf Sylt ist es das raue Klima. Und warum Grünkohl? „Das war einst die Hauptnahrung der Sylter im Winter und noch dazu sehr gesund." Dies habe ich von einem echten Sylter erfahren, der es wohl wissen muss.

In dem Moment kommt eine Gruppe von 4 Erwachsenen in die Nähe von unserem Tisch und diskutiert leise tuschelnd, wo sie sich denn hinsetzen könnten. So recht entschlossen wirkten sie nicht und wollten schon wieder gehen, als ich meine Frau sagten hörte: „Also hier an unserem Tisch ist doch noch gut Platz für euch! Wir rutschen gerne zusammen". Die Wirkung blieb nicht aus und die 4 nahmen mit einem breiten Grinsen die Einladung dankend an. Sofort entwickelte sich ein interessantes Gespräch, da die Gruppe direkt vom Biike Feuer Westerland kam. Sie hatten richtig viel zu erzählen und zeigten uns auch noch die vielen Fotos und Videos, die sie gedrehten hatten.

Wir waren so zusagen mittendrin beim Biike Feuer, ohne dabei zu sein. Meine Frau und ich schauten uns grinsend an und zwinkerten uns zu. Wir wussten, dass wir alles richtig gemacht hatten. Manchmal waren ein wenig Geduld und Zurückhaltung einfach mehr.

Einmal im Leben ein echter Pirat sein. Ist das nur ein Kindheitstraum oder kann das auch Wirklichkeit werden? Bisher war ich im Fasching unter anderem Indianer, Cowboy, Gespenst und eben Pirat. Doch wie mag sich das im echten Leben anfühlen? Auf Sylt ist wirklich sehr viel möglich und vielleicht auch ein Piratenleben?

Und da war dann diese Anzeige auf ebay-Kleinanzeigen. Unglaublich und auch wahr. Adler Schiffe auf Sylt sucht einen Piraten für die Nachmittagstouren. Das alte Segelschiff Gret Paluka sticht nachmittags ab Hafen List mit einer Crew aus ungefähr 50 Nachwuchspiraten in See, um andere Schiffe zu entern, Schätze zu heben und gefährlich auszusehen. Und damit alle wieder sicher nach Haue kommen und die richtigen Geschichten erfahren, wird ein „echter" Pirat gesucht. Aus meiner Sicht genau die richtige Herausforderung für mich. Ich formulierte ein kurzes Bewerbungsschreiben. Doch mir fiel ein mit einem normalen Bewerbungsschreiben ist es ja nicht getan. Es wird ein Pirat gesucht, da darf es schon eine besondere Bewerbung sein. Also änderte ich erst einmal die Betreffzeile ab und stellte mich als Störtebeker mit pädagogischem Hintergrund vor. Als Improvisationsschauspieler fühlte ich mich den Situationen an Board gewachsen und schrieb das auch genau so rein. Ich las die Bewerbung noch einmal durch und war zufrieden damit. Bei den Recherchen zu dieser Geschichte hatte ich mir dieses Schreiben auch noch einmal durchgelesen und fand es immer noch klasse. Ich hätte mich als Pirat sofort eingestellt. Die Antwort lies auch nicht lange auf sich warten. „Wann und wo können wir uns treffen?" waren die Fragen in der email. Aufgeregt zeigte ich meiner Frau die Nachricht. Da wir eh vorhatten an Biike auf Sylt zu sein, vereinbarten wir zu diesem Termin ein Treffen bei den Adler Schiffen. Zur Vorbereitung sah ich mir das offizielle Video der Adler Schiffe an und sah mich schon säbelschwingend an board der Gret Paluka.

Als der Vorstellungstag gekommen war, packte ich vorsichtshalber mal die Augenklappe ein, die ich noch vom letzten Fasching in unseren Sachen fand. Vielleicht ist es ja das richtige Accessoire, und ich konnte damit wirklich punkten. Zusammen mit meiner Frau gingen wir zu den Adler Schiffen. In den Büroräumen wurden wir echt freundlich empfangen und unser Gesprächspartner stellte sich als sehr sympathisch heraus. Besonders fielen mir das schelmische Lächeln, die sehr offene und sportliche Art sowie die knallroten Turnschuhe auf. Ich fühlte bei mir, dass hier sofort Sympathie entstanden war und ich wirklich gute Chancen hätte. Wir erzählten über uns und Thomas, der Ansprechpartner der Adler Schiffe, erklärte uns ausführlich, was so ein Pirat alles tun darf. Ich war Feuer und Flamme und begeisterte mich sofort für diese Aufgabe. Dies war genau richtig für mich. Endlich mal wieder Kinder begeistern, große strahlende Kinderaugen hervorzaubern und alles spielerisch zu betrachten. Doch als ich Thomas fragte, wie es denn jetzt weitergehen könnte, sah ich in seinem Gesicht das mimische Signal von Trauer. Als ausgebildeter Mimikresonanz Trainer fiel mir das sofort auf und ich fragte mich, was das wohl zu bedeuten hatte. Ich bekam für mich keine vernünftige Antwort. Gleichzeitig wollte ich wissen, was das zu bedeuten hatte, und sprach es an. Ich sah ein überraschtes Gesicht und dann bekam ich die Erklärung. Es stellte sich heraus, dass Thomas nun 3 gute Kandidaten für den Job als Pirat hatte und sich innerlich von einem verabschieden müsste.

Jetzt war Kreativität gefragt. Meine Aufmerksamkeit und mein Wissen in dem Bereich Mimikresonanz fand sofort Anklang und Thomas wollte mehr darüber wissen. Ich erzählte ihm über meine Ausbildung, was Mimikresonanz bedeutet und was ich alles gelernt hatte. Kurz in Gedanken versunken, überlegte Thomas, was sich aus dem Wissen, mit meiner Person und meinen kommunikativen Fähigkeiten kreativ möglich ist. Er fragte mich, ob ich mir vorstellen könnte auf dem Schiff Adler VI Workshops anzubieten. Es huschte ein breites Grinsen über mein Gesicht und ich sagte sofort zu. „Und weißt du was", fragte ich, „als Trainer trage ich in meinen Seminaren meistens meine knallroten Turnschuhe.
„Echt!! Das ist ja sehr interessant", meinte Thomas, „dann hole die mal aus dem Schuhschrank und erstelle ein Konzept, dass etwa 2 Stunden dauert und für eine größere Gruppe geeignet ist. Lass es dir durch den Kopf gehen und melde dich bei mir". Ganz ehrlich, innerlich jubelte ich, machte die Ghettofaust und dachte bei mir, WOW!!! Ich hatte mit allem gerechnet nur nicht damit. BINGO.

Beschwingt und motiviert nahm ich meine Frau unter den Arm und wir verließen das Büro. „Mensch, was für eine Chance!" Ganz anders als ich gedacht hatte", platzte es aus mir heraus. „Jetzt sind wir kreativ und überlegen uns, was mit unserem Wissen alles möglich ist".

In den nächsten 2 Wochen waren wir zusammen kreativ. „Was hältst du von paarship?", fragte meine Frau. Da ist das Thema Paare drin und auch noch, dass es auf dem Schiff stattfindet. „Wie klingt das für dich? „Genial", antwortete ich. „Genau auf so einen kreativen Einfall hatte ich gewartet, und da ist er". „So benennen wir unser erstes Seminar". Und weiter? „Na wie ist es mit championship, battleship, seaship, friendship, shipment, preship"?

Wir waren richtig kreativ und uns fielen so einige Kombinationen ein, die wir auch gleich mit einem Programm verknüpfen konnten. Ich fasste unsere einfallsreichen Gedanken zusammen und schickte diese zu Thomas mit der Bitte um ehrliche Antwort. Er war begeistert und sicherte mir zu, dass ich in dem neuen Terminkalender für das Frühjahr 2018 meine fixen Termine bekomme werde. Mit einem lauten Jubelschrei hüpfte ich durch die Wohnung und stellte mir schon vor wie jemand in der Zeitung über mich berichtete. „Ich werde bekannt und berühmt!", lachte ich.

Wir zogen mit unseren Sachen nach Sylt und in den folgenden Wochen arbeitete ich die einzelnen Konzepte aus und stellte sie Thomas vor. Mit ein paar Änderungen und Vorschlägen von seiner Seite entstanden aus meiner Perspektive richtig schöne Workshop-Formate, auf die ich mich auch freute. Ich bekam einen Anruf von Thomas, der meinte, dass ich doch unbedingt auch die Marketingchefin von Adler Schiffe kennenlernen sollte. Sie hätte Zeit für mich und wann ich vorbeikommen könnte? Wir verabredeten uns und dabei erfuhr ich, dass ich auch einen Termin mit der Redakteurin der Sylter Rundschau haben werde. Ich traute meinen Ohren nicht. Ich sollte in die Zeitung?? Das hatte ich doch zu Beginn meiner Geschichte als unmöglich angesehen und jetzt war es greifbar nahe. Wahnsinn!!

Und so kam es dann auch. Julia, die Redakteurin der Sylter Rundschau, Juliane, die Marketingchefin und ich trafen uns an Board der Adler VI und ich durfte mich und meine Konzepte in aller Ausführlichkeit vorstellen. Julia stellte mir ganz viele Fragen, nachdem sie die anfängliche Skepsis abgelegt hatte. Interessanterweise passierte mir das immer wieder, dass Menschen geistig und körperlich ein wenig zurückschrecken, wenn sie erfahren, dass ich Mimikresonanz-Trainer bin. Sie fühlen sich ganz schnell ertappt, durchschaut und beobachtet. Gleichzeitig konnte ich bisher auch erklären, was wirklich hinter Mimikresonanz steckt.

Am Ende des Interviews gab es noch ein lustiges Shooting. Die Fotos, die Julia gemacht hatte, hatten mir richtig gut gefallen und sie passten auch wunderbar zum Thema.

Für Anfang Mai war geplant, dass die ersten Workshops stattfinden. Das heißt mein Foto und meine Story waren tatsächlich in der Samstagsausgabe der Sylter Rundschau zu sehen. Und nicht irgendwo vergraben in den Anzeigen, sondern auf dem Titelblatt. Ich konnte es nicht glauben. Dort stand „Der Mann, der zu viel wusste". Mit dem Untertitel „Christoph Wenter liest aus Gesichtern wie aus Büchern/Am Dienstag wird er auf der Adler VI seine Fähigkeiten präsentieren und an das Publikum weitergeben".

Mit diesem großartigen Gefühl ein klein wenig von meinem Wissen weiterzugeben und bei meinem Publikum für etwas mehr Achtsamkeit zu sorgen, startete ich in die neue Unterhaltungsreihe der Adler VI.

Handgestrickte Handschuhe für das ganze Jahr

Wer meine Geschichte über das Biike Brennen gelesen hat, hat vielleicht mitbekommen, dass wir unsere Handschuhe vom Festland übergestreift hatten. Nur Handschuhe vom Festland und Handschuhe für die Insel sind zwei Paar Handschuhe. Das habe ich auch erst lernen dürfen. Aufgrund der hohen Luftfeuchtigkeit und des starken Windes pfeift es auf der Insel schon ganz schön durch die Wolle. Und Handschuhe, die für den Gebrauch beispielsweise im Ruhrgebiet hergestellt wurden, sind da anderen Bedingungen ausgesetzt. Das heißt, dass ich mit meinen normalen Handschuhen die ganze Zeit über immer kalte Finger und Hände gehabt hatte. Und das ist für mich sehr unangenehm und tut auch teilweise weh.

Es gibt Studien, die belegen, dass warme Hände bei der Begrüßung ein positives Vertrauensgefühl beim Gegenüber erwecken und kalte Hände eben nicht. Nur was hat das mit meinen kalten oder warmen Händen zu tun. Wir lernten am Anfang hier sehr viele neue Menschen kennen und mein Wunsch war es positiv beurteilt zu werden. So und wenn ich das mit warmen Händen noch weiter beeinflussen kann, da nutze ich doch mein Wissen aus.

Wir haben uns jetzt gefragt, wo wir warme Handschuhe herbekommen könnten. Es gibt eine facebook Gruppe, die ausschließlich von Menschen genutzt wird, die entweder auf Sylt leben oder mit der Insel sehr nahe verbunden sind. Hier hatte ich mich angemeldet, mich kurz vorgestellt und eine Anfrage eingestellt, wer uns denn warme Handschuhe stricken könnte. Ich dachte für mich, dass ich es einfach mal ausprobiere. Nach nur einem halben Tag fand ich eine Nachricht in meinem Messenger, dass eine Frau aus Westerland uns gerne jedem von uns ein paar Handschuhe stricken würde. Farbe und Größe könnten wir selber bestimmen und sie freut sich richtig auf diese Aufgabe.

Aufgeregt zeigte ich meiner Frau die Nachricht. „Sieh mal Schatz, ich habe doch glatt eine Antwort auf unsere Anfrage mit den Handschuhen bekommen. Das hatte ich nicht für möglich gehalten. Gibt es da wirklich so einen Inselspirit, wo die Menschen so eng zusammenhalten". Ich war echt berührt, dass sich jemand gemeldet hatte und auch gleich so positiv geantwortet hatte. Sofort schrieb ich eine Antwort, bedankte mich für die schnelle Reaktion und wollte wissen, wie wir das denn machen wollten. Sie meinte, mit einem persönlichen Treffen in Westerland ist es gerade etwas schwierig. Wir sollten doch zum Crêpes-Stand nach Hörnum kommen, weil sie da arbeitete. Dort könnten wir alles weitere besprechen. Na, das klang doch mal nach einem guten Vorschlag. Der Weg nach Hörnum ist genauso wie der Weg nach List was sehr Besonderes. Beide Wege führen durch Dünen und bringen uns der Natur sehr nahe. Es gibt sehr viel Heide, Dünengräser und Sand zu sehen. Es sind phantastische Ausblicke mit immer wieder wechselnden Farben. Das Meer zeigt sich einmal von der Wattseite und einmal von der Nordseeseite. Mal ist es wild, mal ist es zahm. Mal ist es weg und mal ist es sehr nah.
Wir beide haben uns ins Auto gesetzt und machten uns auf den Weg nach Hörnum. Es sind etwa 20 Kilometer,

die wir zurücklegten. In Hörnum angekommen, parkten wir im kleinen und beschaulichen Zentrum und steuerten die Crêperie im Ort an. Hier erfuhren wir, dass die besagte Frau da nicht arbeitet. „Vielleicht meint ihr die Crêperie am Meer" sagte sie uns und wir sahen uns verdutzt an. Ein so kleiner Ort und so oft Crêpe? „Wir versuchten es da mal, vielen Dank", hörte ich uns noch sagen und wir gingen in Richtung Meer. Hörnum ist ein sehr beschaulicher Ort mit wenigen Einwohnern. Das Meer trifft hier an der Spitze von verschiedenen Seiten aufeinander und bildet gefährliche Strudel. In der Bucht von Hörnum liegt das Wasser ganz ruhig da und lädt auch bei kühlen Temperaturen zum Reinspringen ein. Der Strand ist viel kleiner als in Westerland. Es standen auch nur ein paar wenige Strandkörbe herum. In der nahen Ferne sah ich zwei Erhebungen im Wasser, die ich noch nicht zuordneten, konnte. Ich frage meine Frau, was ich denn da sah. Sie sagte, „da gibt es eine Regel, und zwar die RALF-Regel. Rechts Amrum und links Föhr". „Ach", antwortete ich, „das ist ja ganz einfach zu merken". Diese beiden Inseln liegen im Süden von Sylt und zeichneten sich aufgrund der klaren kühlen Luft sehr genau ab. Ich sah sogar den weißen Strand von Amrum, der für diese kleine Insel auch sehr typisch ist.

„So und wo ist jetzt unsere gesuchte Crêperie", fragte ich. „Schau mal da vorne, am Ende vom Strand gleich beim Hafen ist ein Kiosk. Lass uns da mal nachsehen, ob wir da richtig sind". Wir gingen durch den Sand und kamen beim Kiosk an. Ein freundliches „Moin" begleitet von einem breiten Grinsen, begrüßte uns. Ein junger Typ mit Wollmütze und Tätowierungen auf dem Arm begrüßte uns. „Moin" in der für Sylt typischen Art versuchten wir zu antworten. „Na das klingt noch ein bißchen fremd", hörte ich den Typ sagen. „Ihr seid wohl nicht von hier". Wir beide schüttelten den Kopf und fragten uns, woher er das wohl so schnell erkannt hatte. „Um die Jahreszeit gibt es hier so gut wie keine Touristen, und ihr beide schaut aus, als ob ihr vom Festland kommen würdet" meinte der junge Mann. Wir sahen an uns herunter und konnten uns nicht erklären, was bei uns anders aussah. „Nein, nein", sagte er. „Das habe ich gleich an der Betonung gehört. Sylter sprechen das etwas anders aus", und er lachte verschmitzt. „Was wollt ihr denn?", fragte er. „Wir suchen eine junge Dame, die uns ein paar Handschuhe stricken möchte. Die arbeitet doch hier?" „Ja, schon, nur heute nicht. Das Wetter ist zu schlecht und da kommt fast keiner hier vorbei. Die habe ich nach Hause geschickt". Nun wussten wir zumindest schon einmal, dass wir richtig sind und gleichzeitig wussten wir immer noch nicht, wie wir an unsere Handschuhe kommen sollten. Wir erklärten ihm unsere Situation und er meinte ganz spontan. „Ich habe hier Papier und einen Stift und ihr zeichnet einfach eure Hände ab. Ich gebe ihr morgen die Zeichnungen und dann kann sie loslegen und stricken. Was haltet ihr davon?". „So einfach kann es gehen? Das ist ja mal eine ausgezeichnete Idee", antwortete meine Frau. „Ja genau so machen wir es". Wir nahmen das Papier und Stift dankend an, und da der Wind so stark blies, gingen wir in den Kiosk rein und zeichneten jeweils unsere rechte Hand auf das Papier. Schmunzelnd betrachteten wir unser Kunstwerk und waren uns nicht sicher, ob das für ein paar Handschuhe ausreichen würde. „Doch doch" versicherte uns der Typ, „das kann sie schon so stricken". Ok, dachten wir bei uns und glaubten es einfach mal.

Wir bestellten zweimal Crêpe mit Zimt und Zucker und aßen mit Genuss den wirklich leckeren Crêpe. Außergewöhnlich leckeren Crêpe wie wir fanden. Mit einem Lachen und einem Augenzwinkern verabschiedete uns der junge Mann und wir gingen zurück zum Auto.

Wir hörten ein paar Tage lang nichts und waren gespannt was passieren würde. Plötzlich bekam ich eine Nachricht, die lautete: Die Handschuhe sind fertig und wann können wir uns treffen? Mein Herz klopfte und ganz ehrlich, das hatte ich nicht erwartet. Ich antwortete schnell auf diese Frage und wir vereinbarten einen Termin. Am nächsten Morgen stand zum vereinbarten Termin eine junge Frau vor unserer Tür, stellte sich vor und hatte ein süß eingepacktes Päckchen in der Hand. „Sind das unsere Handschuhe?" fragte ich aufgeregt. Sie reichte uns das Päckchen und wir packten es vorsichtig aus. „Wow! Die sind schön" sagten wir beide fast im Chor. Dicke Schafwollhandschuhe mit einem leichten Muster und langen, sehr langen Bündchen, damit auch keine Wärme verloren geht. Und das besondere es waren Fäustlinge und keine Fingerhandschuhe, so wie wir sie bisher getragen hatten. Sie fühlten sich kuschelig an, weich zu unseren Händen und vor allen Dingen warm. Wir jubelten beide, bedankten uns sehr herzlich für dieses große Geschenk und freuten uns darauf, diese ganz bald anziehen zu können.

Es gibt sie wirklich, die Gemeinschaft und der Zusammenhalt unter den Syltern, Insulanern, Bewohnern und Menschen, die auf Sylt leben. Wir hatten hier unseren ersten Eindruck davon bekommen und sollten noch viele weitere Eindrücke davon mitbekommen. Unsere Handschuhe passten ausgezeichnet und wir tragen sie wann immer es passt. Und ganz ehrlich, auf Sylt passt es manchmal auch im Juni oder September, wenn der kühle Wind aus dem Osten eine kleine eisige Brise mit aus Russland bringt.

Als Münchner hatte ich natürlich schon viel über die Sansibar gehört. Ich hatte die unterschiedlichsten Bilder in meinem Kopf über diesen wirklich sehr besonderen Ort. Manch einer erzählte mir, dass ich in der Sansibar ganz viele Prominente treffen würde, dass es dort sehr schwierig ist hineinzukommen, dass es einen außergewöhnlichen Weinkeller dort gibt und und und. In meiner Vorstellung war ja Sansibar zuerst erst einmal eine Insel im Indischen Ozean mit vielen unterschiedlichen exotischen Gerüchen. Eine Insel mit viel Palmen, tollen Urlaubsressorts und vielen Vanilleplantagen. Dass es jetzt einen solchen Ort auf Sylt geben sollte, das fiel mir schwer zu glauben.

Wobei ich hatte zwischendurch immer wieder etwas von der Sansibar gesehen. Ab und zu hatte mal jemand eine Flasche Prosecco bei einer Party in München dabei, auf der das bekannte Markenzeichen, der Sansibar aufgedruckt war. Zwei gekreuzte Säbel. Dieses Markenzeichen ist sehr markant und steht für...? Tja ich hatte bisher keine Ahnung und habe das mal in Erfahrung gebracht.
Und wie sich herausgestellt hat, ist die Geschichte ganz einfach.
Sylt stand früher auch für den FKK Kult. Heute gibt es immer noch Strandabschnitte, an denen die Anhänger von textilfreiem Baden ihren Platz haben. Allerdings sind es inzwischen weit weniger Bereiche als früher. Angeblich trugen ab den 1930er Jahren 3 FKK-Strandabschnitte auf Sylt so exotische Namen wie Samoa,

Abessinien und eben Sansibar. Genau an einem dieser Strandabschnitte liegt auch das Strandrestaurant Sansibar. Diese betreibt Herbert Seckler bereits seit über 40 Jahren mit Erfolg.

Das Markenzeichen, die beiden Säbel, haben mit Piraterie zu tun. Herbert Seckler erzählte immer mal wieder die Geschichte, dass früher einmal Gäste über die Preise gemeckert hätten. Darauf habe er mit Witz zu ihnen gesagt, nun seien sie eben an die Piraten geraten. So war das heutige Markenzeichen geboren.

So ziemlich zu Beginn unseres ersten Jahres auf Sylt hatte mir meine Frau ein Brunch in der berühmten Sansibar geschenkt. Wow, hatte ich für mich gedacht, an diesem ganz besonderen Ort, an dem ich eigentlich gar nicht hinkommen kann. Und dann gleich ein Brunch! Ich bin sehr gespannt was da auf mich zukommt. „Wann gehen wir denn da hin?" fragte ich neugierig und war mir sicher, dass es an einem Montag- oder Dienstagmorgen sein wird, wenn die wirklich wichtigen Leute keine Zeit haben. „Für Sonntag Morgen habe ich für uns reserviert", kam es aus dem Schlafzimmer. „Mmmmh, das klingt ja mal ganz anders als ich mir das vorgestellt hatte", „und um wie viel Uhr haben wir da einen Tisch?", schob ich die nächste Frage hinterher. „Um 10:30 Uhr geht es los mit Brunch und wir gehen auch um diese Uhrzeit dahin", antwortete meine Frau. „Das klingt alles sehr aufregend", dachte ich für mich und freute mich auf den nächsten Morgen. Abends hielt ich mich ein wenig mit dem Essen zurück, da in meiner Vorstellung ein Brunch oft mit viel Essen verbunden ist. Früher mal waren wir, wahrscheinlich wie viele andere auch, mit unserer Familie und Freunden Sonntagvormittag im Mövenpick zum Brunch. Dort gab es von

10 Uhr bis 15 Uhr ein grandioses Buffet mit allem essbarem was ich mir je vorstellen konnte. Leider führte das auch allzu oft dazu, dass ich zu viel gegessen hatte und mich am Nachmittag kaum mehr bewegen konnte. Doch das sollte mir dieses Mal am Sonntagvormittag nicht noch einmal passieren.

In der Früh holte ich mein weißes, frisch gebügeltes Hemd aus dem Schrank, prüfte ob alles gut sitzt und fühlte eine Vorfreude auf das was unbekannter Weise vor mir lag. Draußen schien schon die Sonne und gleichzeitig war es ein kühler Frühlingstag. Der Nebel lag tief über den Dünen und bedeckte das Dünengras und die Heide mit seinen feinen Tropfen. Die Sonne spiegelte sich in den Wassertropfen und zauberte unterschiedlichste Farben auf den Blättern. Der Weg zur Sansibar führt von Westerland über Rantum weiter in Richtung Süden. Auf der Strecke nach Hörnum ist in Strandabschnitt ab Rantum nicht mehr viel los. Hier ist die Natur noch für sich alleine und zeigt sich von seiner faszinierenden Seite. Kurz vor einem hohen Sendemast aus früherer Zeit biegt eine kleine Straße ab zu einem Parkplatz mit einem Kassenhäuschen. Doch zu der frühen Jahreszeit sitzt hier noch niemand und kassiert. Wir parkten unser Auto und machten uns zu Fuß auf den leicht ansteigenden Weg hinauf zur Sansibar. Auf diesem Weg verkehrt auch ein Shuttle, das Menschen in teuren Schuhen, die nicht zum Gehen geeignet sind, oder ältere Menschen, die nicht mehr gut zu Fuß sind, nach oben bringt. Doch wir beide gingen zu Fuß und kamen langsam am oberen Teil der Düne an. Hier steht ein unscheinbares Holzhaus mit einem großen Außenbereich und einem Kinderspielplatz. „Und das ist die Sansibar?", fragte ich mich leise und wunderte mich mal wieder über die Bilder, die ich mir vorher gemacht hatte. Ganz ehrlich hatte ich ein Schloss ähnliches Gebäude erwartet mit vielen Leuchtern, Türmen und was nicht alles. Doch in Wirklichkeit ist die Sansibar von außen betrachtet eine Skihütte in den Dünen. Drinnen wirkte es allerdings schon etwas anders. Wir wurden sehr freundlich begrüßt, alles war toll dekoriert und einige Gäste saßen schon an ihren Tischen und genossen einen Kaffee. Auch wir bekamen einen großzügigen Tisch, an dem locker 6 Personen Platz haben, und hatten eine phantastische Aussicht auf die um uns herum liegenden Dünen. Der Service war super aufmerksam, dezent im Hintergrund und doch in seinen Umgangsformen locker und lässig. Eine Top-Kombination wie ich fand.

„Was gibt es denn Leckeres zum Essen und wo ist das Buffet?" fragte ich meine Frau. Sie schmunzelte nur vielsagend und meinte, ich sollte mich ein wenig gedulden. An den Nachbartischen wurden jede Menge kleine Schüsseln serviert und ich zählte leise Mal wie viele es denn sind. „15 Stück", platzte es aus mir heraus. „Die haben 15 Schüsseln am Nachbartisch serviert. Das ist ja doch eine ganze Menge. Und dazu noch verschiedene Brotsorten, Kaffee und Saft". „Bekommen wir das auch?" fragte ich. Und schon stand ein junger Kellner bei uns am Tisch und meinte, dass es jetzt bei uns auch losgehen würde. Ich glaubte er hatte mein verdutztes Gesicht gesehen und lachte. „Brunch in der Sansibar ist etwas besonderes und auch sehr lecker", meinte er. „Na dann lasse ich mich überraschen", dachte ich bei mir. Und tatsächlich auch wir bekamen mindestens 15 Schüsselchen mit lauter Leckereien. Currywurst mit einer ganz besonderen Soße, ausgefallenen Salate, feinste Confiture und ich traute meinen Augen nicht, eine Schüssel mit Leberkäs. Richtig echter bayerischer Leberkäs und auch noch sehr lecker. Ich wusste gar nicht wo ich zuerst anfangen sollte, so viel leckeres Essen stand da auf unserem Tisch. Wir ließen es uns gut gehen, probierten alles wenigstens einmal aus und waren voll auf begeistert. Und tatsächlich schafften wir es auch mit dem besten wohligen Gefühl nach einem leckeren Essen wieder nach Hause. Wir hatten unsere Vorsätze, was unsere früheren Erfahrungen betrafen, auch voll und ganz umgesetzt.

Jetzt ist es ja so, dass die Sansibar nicht nur zum Brunch ein besonderes Erlebnis ist sondern auch zu allen anderen Tageszeiten. Allerdings ist dieses Restaurant weit über die Grenzen von Sylt hinaus bekannt. Da gibt es Fashion, Food, Hunde-& Pferdezubehör und noch vieles mehr. All das macht die Sansibar in der Welt bekannt. Nur das führt auch dazu, dass im Sommer, wenn viele Gäste die Insel besuchen, weniger Platz bleibt für Einheimische. Gleichzeitig wird hier niemand ausgegrenzt. Wenn ein Platz frei ist, dann bekommt den jeder.

Ist aus meiner Sicht auch voll ok, da wir das ganze Jahr über Zeit haben in die Sansibar zu gehen und unsere Gäste nur für einen begrenzten Zeitraum da sind. Am Ende unseres ersten Jahres auf der Insel fanden wir erst im November wieder Zeit, um in die Sansibar zu gehen. Dieses Mal war der Anlass der Geburtstag meiner Frau. Bei der Reservierung wurde ich gefragt ob wir die frühe oder die spätere Schicht beim Abendessen haben wollen. Ich war in diesem Moment ein wenig verdutzt. Mitte November ist hier auf Sylt echt nicht mehr viel los. Die Geschäfte haben ihren Schlussverkauf beendet, die Hotels und Ferienwohnungen sind nur noch teilweise beleuchtet und auf den Straßen ist nur in der Früh noch etwas los. Deshalb hatte mich diese Frage doch irritiert. Ich wählte die Schicht ab 20:00 Uhr und als wir ankamen wusste ich, warum ich dies gefragt wurde. Tatsächlich ist es so, dass in der Sansibar auch dann noch etwas los ist, wenn auf der restlichen Insel schon die Bürgersteige hochgeklappt sind. Ich bin der Meinung, dass die Geschäftsführung der Sansibar viel richtig gemacht hat. Wir wurden am Eingang vom Chef persönlich begrüßt und dann zu unserem Platz gebracht. Hier bekamen wir eine Speise- und Weinkarte, die den Namen Karte gar nicht verdient. Wir bekamen ein Weinbuch in die Hand, großformatig mit unzähligen Weinen aus der ganzen Welt; für Kenner und Gourmets ein Paradies. Ich brauchte echt lange bis ich mich entschieden habe. Die wirklich super freundliche Bedienung kam 3-mal zu uns an den Tisch und fragte immer wieder ob wir uns entschieden hätten oder ob wir noch etwas mehr Zeit bräuchten. Ich nickte immer wieder mit einem Grinsen und bat um etwas mehr Zeit. Besonders auch weil am Nachbartisch schon wieder so viele Schüsselchen aufgetischt wurden, ähnlich wie beim Brunch nur mit anderen Speisen. Ich dachte bei mir, wenn wir die auch bekommen, dann sollte ich mal eine kleinere Portion wählen. Um das herauszufinden, fragte ich einfach unsere Nachbarn, was es denn mit den vielen Vorspeisen auf sich hätte. Beide meinten mit einem Lächeln, dass diese Vorspeisen automatisch von der Küche der Sansibar als sogenannter „Gruß aus der Küche" serviert wurden. „Ja dann!!", dachte ich bei mir, bestelle ich mal etwas vorsichtiger. Und genau so kam es dann auch. Auch wir bekamen nachdem wir bestellt hatten exakt so viele Schüsselchen auf den Tisch gestellt wie nebenan und erfreuten uns an den vielen Geschmacksrichtungen.

Nachdem Essen ertönte um die Ecke auf einmal Gesang. Es klang ein wenig wie „Happy Birthday". Meine Frau sah mich fragend an und ich schüttelte nur vielsagend den Kopf. Ich hatte wirklich nichts verraten. Es wäre echt der Hammer, wenn jemand herausgefunden hätte, dass meine Frau heute Geburtstag hat. Vielleicht doch? Die Bedienungen kamen um die Ecke mit großen Sprühwunderkerzen, die ein wunderbares Licht und Flackern im Raum erzeugten. Die Funken sprühten in tollen Farben nur so heraus und dazu sangen alle „Happy Birthday to you, happy birthday...". Und das Spannende dabei war, dass die alle genau auf unseren Tisch zugingen. Es stellte sich heraus, dass exakt am anderen Nachbartisch eine Frau am gleichen Tag Geburtstag hat. Was für ein genialer Zufall. Ich bedeutete der Bedienung, dass meine Frau heute auch Geburtstag hat und plötzlich hatten wir beide auch Spühwunderkerzen in der Hand. Alle feierten mit beiden Frauen Ihren Geburtstag. Was für eine supertolle Überraschung ohne, dass wir auch nur irgendetwas organisiert hatten.

Und genau dafür steht die Insel Sylt für mich: unerwartete spontane, witzige und mitreißende Erlebnisse, die mich berühren und mir ein gutes Gefühl geben

Kennt Ihr die vielen Fahrrad-Rikschas, die inzwischen in deutschen Innenstädten herumfahren? In München sind diese umweltfreundlichen Taxis besonders während des Oktoberfests beliebt. Gleichzeitig gibt es auch Stadtrundfahren, Ausflüge und andere Touren mit den Rikschas, die meist in der Innenstadt starten. Viele der Rikschas sind schön mit Fähnchen, Rauten und anderen bayerischen Symbolen geschmückt. Und genau so einen gesunden und umweltfreundlichen Service gibt es auch hier auf Sylt. In einer Facebook-Annonce der Insel-internen Gruppe hatte ich einen Beitrag gelesen, in dem Fahrer für das örtliche Unternehmen gesucht wurden. Was für eine geniale Kombination hatte ich für mich gedacht. Früher hatte ich in München ein Unternehmen mit dem Namen München-SightRunning. Wir haben Stadtführungen im Laufen oder Rennen angeboten und unsere Gäste an einem vereinbarten Treffpunkt abgeholt. Jetzt gab es ein Angebot, das meine Leidenschaft Fahrrad fahren mit Stadtführungen kombiniert; für mich sehr verlockend.

Ich nahm mit dem Eigentümer von Velotaxi, so heißt das Unternehmen hier auf Sylt, Kontakt auf und erfuhr, dass er sich in der nächsten Woche hier auf der Insel aufhalten würde. Wir vereinbarten einen Termin zum Kennenlernen. Mittags trafen wir uns. Ein sympathischer Mann saß mit seinem Sohn in den Polstersesseln des Cafés Wien. Das am Rande bemerkt eine Institution hier auf Sylt ist; leckerster Kuchen, tolles Mittagessen und gefühlt immer rappelvoll.

Wir stellten uns vor und jeder erzählte so ein bisschen über sich, wo er herkommt und was so seine Erwartungen seien. Und mit jeder weiteren Geschichte, die Stephan der Chef von Velotaxi, erzählte, wurde mir klar, dass hier genau der richtige Job auf mich wartete. Selbständiges Arbeiten war gefragt. Die Arbeitszeiten konnte ich frei wählen und wie ich meine Kunden akquiriere war auch mir überlassen. Genial und gleichzeitig auch eine Herausforderung! Ich wollte natürlich sofort wissen, wie so ein Velotaxi aussieht, ob es da eine elektrische Unterstützung gibt, wie viele Fahrgäste reinpassen und und und. Ich fragte mich, was ich denn den Gästen erzählen sollte, da ich doch gerade erst auf der Insel Sylt angekommen war.

Stephan berichtete uns von ein paar wirklich lustigen Begebenheiten aus dem Leben eines Velotaxi-Fahrers. Von Fahrgästen, die alles mögliche transportieren wollten, von Fahrgästen, die ihre Lieblingstiere mitnehmen wollten, von Fahrgästen, die betrunken von der Kneipe nach Hause gefahren werden wollten und von Fahrgästen, die mit viel Geld winkten, um möglichste schnell von A nach B gebracht zu werden. Es waren wirklich sehr ausgefallene Geschichten dabei.
Ich freute mich darauf dieses Velotaxi in echt zu sehen und auszuprobieren. Für Samstagvormittag vereinbarten wir ein Treffen vor der Garage, in der die Velotaxis standen. Mit Sonnenschein wachten wir auf und fuhren mit unseren Fahrrädern zum vereinbarten Treffpunkt. Dort warteten schon Stephan und Volker, der auch als Velotaxi-Fahrer arbeitete.
Ich bekam glänzende Augen. Futuristisch aussehende Liege-Fahrräder, einer gemütlichen Sitzbank und Decken hinten drin, einem halbrunden Dache zum Schutz

der Gäste und des Fahrers vor Regen, einem kräftigen Elektromotor, 2 wuchtigen Außenspiegeln und einem etwas unbequem aussehenden Sattel. Außen waren die velotaxen bunt mit Werbung der verschiedenen Firmen beklebt. Ich fand, dass dieser neue Arbeitsplatz sehr verlockend aussah. Wir bekamen eine kleine Einweisung, wie so ein Velotaxi überhaupt funktioniert, wie die Schaltung geht und was das Besondere an dem Wendekreis von so einem Fahrrad ist. Hier war wirklich Vorsicht gefragt, da die Lenkung und das Verhalten eines solchen Liegefahrrads anders sind als ich dachte. Wir durften uns reinsetzen und es einmal ausprobieren. Es fühlte sich vertraut und leicht an und machte sofort Spaß. Wir drehten ein paar Runden auf der Straße, übten im Kreis zu fahren, und auch mit verschiedenen Hindernissen zurecht zu kommen. Aus meiner Sicht war es echt einfach. Allerdings fragte ich mich schon, wie es sich wohl anfühlte, wenn auf der Sitzbank 2 Erwachsene Platz nahmen und die Strecke eine leichte Steigung anzeigte. Stephan meinte, dass die neuen Motoren hier hervorragend unterstützen würden.

Gleichzeitig war es auch notwendig ein wenig in der Vorsaison zu trainieren und langsam reinzukommen um dann auch fit zu sein für eine lange Tour nach List. Wir hatten uns für Samstagnachmittag nichts weiter vorgenommen und so machten wir uns in der Gruppe von 3 velotaxen auf den Weg in die Stadt. Nur unter uns, so sagen die Sylter für ihr geliebtes Westerland.

Am Anfang fühlte sich das mit dem Velotaxi alles ganz leicht an. Wir sollten auf den Fahrradwegen fahren, wenn diese breit genug waren. Ansonsten durften wir die Straße benutzen, was in dieser Jahreszeit auch entspannt war, da noch nicht viele Gäste unterwegs waren. Was ich allerdings unterschätzt hatte, ist der Wind. Sobald dieser von vorne in das Velotaxi blies, wurde es für die Beine schon gleich mal viel anstrengender. Ich ließ mir nichts anmerken und schaltete bei der Elektrounterstützung einfach einen Gang höher, um mit den anderen mithalten zu können. Da gab es auch eine Akkuladezeitanzeige, die mir verriet wie lange ich denn auf die notwendige Unterstützung zählen konnte. Am Bahnhof von Westerland angekommen zeigte uns Stephan die Stellen, an denen wir parken durften, wo wir fahren und nicht fahren durften und wo mögliche Kunden auf uns warten würden. Ihr könnt Euch sicher vorstellen, dass 3 bunte velotaxen für Aufmerksamkeit gesorgt hatten und uns die Gäste sofort ansprachen. Sie fragten was denn so eine Tour kosten würde, wo wir überall hinfahren würden, ob wir auch elektrische Unterstützung hätten und alles was sie interessierte. Wie ich dann im Laufe des Jahres feststellte sind unsere Gäste teilweise echt erstaunt, dass es so etwas cooles und Umweltfreundliches auf Sylt gibt. Sie können sich schwer vorstellen, dass wir mit Gästen nach List und

Hörnum fahren und dabei auch noch Spaß haben. Die Elektrounterstützung beruhigte sie dann ein wenig.

Jetzt hatte ich mich gefragt, was ich denn meinen Gästen alles über Sylt und deren Bewohner erzählen könnte. Bisher bestand mein Wissen nur aus Erzählungen von Menschen, die entweder auf Sylt mal Urlaub gemacht hatten oder den Menschen, die wir auf Sylt bisher kennengelernt hatten. Doch so richtig ausführlich konnte ich noch nichts von Sylt berichten. Da fiel mir ein Buch in die Hand. „Gebrauchsanweisung Sylt" geschrieben von Silke von Bremen. Ein wirklich sehr tolles Buch mit vielen Hintergrundinformationen, ausführlichen Geschichten und wahren Begebenheiten, die sich Menschen auf Sylt erzählen. Für mich war das der Einstieg in die Geschichte und Geschichten von Sylt. Gleichzeitig wusste ich, dass ich mir dies alles viel besser merken könnte, wenn ich es vor Ort sehe und auch aus erster Hand erzählt bekomme. Meine Frau hatte die schöne Idee, dass wir eine Führung mit Silke von Bremen machten sollten und so unsere vielen Fragen stellen konnten. Phantastische Idee, die wir auch umsetzen. So erfuhren wir die Hintergründe, Historie und auch den Klatsch von Wenningstedt aus erster Hand. Ich konnte mir die Einzelheiten alle viel leichter merken, da ich sie mit Gebäuden und Orten verknüpfte und so auch meinen späteren Gästen erzählen konnte. Das Wissen, dass Silke von Bremen an uns weitergab, ist sensationell. Die Art und Weise, wie Silke von Bremen eine Führung gestaltet ist ganz etwas Besonderes; mit sehr viel Witz und Humor, mit einem Augenzwinkern, mit viel historischer Tiefe und Ausführlichkeit und gleichzeitig immer wieder auflockernd und spannend. Ich empfehle jedem Sylt Besucher eine solche Führung mit Silke von Bremen. Diese gibt es zu den unterschiedlichsten Themen und auch Orten und ich als ehemaliger Stadtführer von München konnte mir auch noch echt viel absehen.

Erfüllt mit Wissen und Neugierde machte ich mich in den folgenden Tagen mit dem Velotaxi auf den Weg. Ich probierte verschiedene Stellplätze aus, sah mir die Gäste an, die sich für das Velotaxi interessierten und sprach auch sonst die Menschen einfach direkt an, um herauszufinden, ob sie eine Tour buchen wollten. Was mich überraschte war die Zurückhaltung der Menschen. Ich wurde anfangs viel belächelt, teilweise einfach ignoriert und auch mit Kommentaren versehen, wie „das ist zu teuer" oder „das brauchen wir hier wir echt nicht". Darüber war ich sehr erstaunt und es knabberte auch an meiner Motivation. Ich dachte, dass ich mich einfach nur auf den beliebten Plätzen zeigen müsste und dann lief das Geschäft. Ganz so einfach war es dann doch nicht. Gerade am Anfang der Saison zeigten sich noch viele skeptisch ob ein Velotaxi wirklich notwendig und brauchbar ist. Trotzdem hatte ich meine ersten Kunden schnell gefunden und ich brachte diese entweder zum Hotel, Bahnhof oder wir machten einen Ausflug. Ich konnte all mein Wissen weitergeben. Oft bekam ich wirklich ein erstauntes oh und ah zu hören, wenn meine Gäste erfuhren, dass ich erst so kurz auf der Insel wohnte und doch schon so viel zu erzählen hatte. Wie schon geschrieben, ich hatte eine tolle Ortsführung mit sehr viel Hintergrundwissen.

Eine lustige Begebenheit, die mir sehr in Erinnerung geblieben ist, war eine unserer Fahrten zum Flughafen Westerland. Dies geschah noch ziemlich am Anfang. Manch einer ist echt erstaunt, dass diese kleine Insel einen Flughafen hat. Doch das lässt sich leicht mit ihrer Vergangenheit erklären. Hier auf der Insel war viel Militär stationiert und somit musste sichergestellt werden, dass die Insel auch aus der Luft versorgt werden konnte. So kam es, dass Sylt einen eigenen Flughafen hat, mit einem Fluggastaufkommen, dass Jahr für Jahr ansteigt.

Dieser Flughafen ist geschätzte 4 Kilometer von Westerland entfernt und somit auch für ein Velotaxi locker zu erreichen. Kein Vergleich zu anderen Flughäfen auf dieser Welt, wo es unmöglich wäre mit einem Velotaxi Fluggäste abzuholen. Lange Schlangen von wartenden Taxis würden es unmöglich machen dort an Fahrgäste zu kommen. Doch hier auf Sylt geht das, auch sehr gut und ist es auch mal wieder ganz anders. Wir hatten keine feste Reservierung für einen Fluggast und gleichzeitig wussten wir wann die Maschinen aus den großen deutschen Städten hier landen würden. So fuhren wir mit 2 Velotaxi zum Flughafen, parkten frech ganz vorne in der ersten Reihe, ernteten verdutzte Gesichter der anderen Taxifahrer und stellten uns mit unserem Velotaxi-Dachschild zu den anderen wartenden Abholern. Es war ein großartiges Bild. Frauen und Männer in Uniformen und teuren Anzügen, ganz speziellen Namensschildern für ihre Hotelgäste, sauber geputzten Schuhen und wir dazwischen mit unseren Sportklamotten und dem Velotaxi Schild. Wir bildeten einen Halbkreis und warteten auf die Fluggäste, die aus der kleinen Ankunftshalle zu uns herauskommen sollten. Ganz ehrlich, wir fühlten uns stolz mit unseren Schilden so mitten unter der Sylter Prominenz und hatten viel Spaß. Neben mir stand ein Herr mit weißer, frisch gebügelter Kochuniform, goldenen Knöpfen und einem Namensschild. Dieses Schild hatte ich kurz gelesen und den Namen Johannes King erhascht. Sollte das der bekannte 2-Sternekoch Johannes King neben mir sein, ich glaubte es nicht. Ich sprach den sehr sympathischen Herren neben mir an und fragte frei heraus: „Bist Du der bekannte Johannes King?" Er schmunzelte, nickte und gab mir eine witzige Antwort. Ich konnte es nicht fassen. Bisher hatte ich in verschiedenen Zeitungen davon gelesen mit welchen Auszeichnungen Herr King versehen wurde und dass er der Chef vom Dorint Sölring Hof hier auf Sylt ist. Und jetzt so neben ihm zu stehen, ihn einfach mit „Du" anzusprechen und dann ein wirklich lustiges Gespräch zu führen, was für eine besondere Situation.

Und genau für solche außergewöhnlichen Situationen stand Sylt für mich im ersten Jahr.

Auch im zweiten Jahr fuhr ich mit meinem velotaxi über die Insel. Mittlerweile kannten mich schon viel mehr Gäste und Bewohner. Das velotaxi war vielerorts gerne gesehen und auch gebucht. Gäste fragten mich, ob ich auch im nächsten Jahr wieder da sein werde, da sie bestimmt wieder eine Tour mit mir buchen werden. Es war ein sehr schönes Feedback, dass ich bekam und meine anfänglichen Schwierigkeiten total vergessen ließen.

Ich hatte bisher schon an vielen Orten eine Wohnung gesucht. Mal in Nürnberg, mal in Zürich, mal in München und mal in Ismaning. Jede Stadt hat seine Besonderheit und doch gibt es bestimmte Regeln, an die sich die meisten Vermieter halten. Auf Sylt ist das anders. Aber eins nach dem anderen. Wir hatten beschlossen, dass wir schnellstmöglich nach Sylt ziehen werden. Schnellstmöglich heißt in 2 Monaten, da unser Mietvertrag gekündigt war und wir auch nicht mehr im Ruhrgebiet wohnen wollten. Jetzt hieß es für uns kreativ sein, was zu unseren Stärken gehört. Wir hatten in unserem Umfeld schnell bekannt gemacht, dass wir nach Sylt ziehen werden und eine Wohnung bräuchten. Wir ernteten viel Kopfschütteln und Unverständnis. Teilweise wurde uns auch Naivität unterstellt. Doch wer das Gesetz der Anziehung kennt, weiß was eine gute Schwingung ist und wie hoch wir schwingen dürfen, um unser Ziel zu erkennen.

Da gab es beispielsweise die Facebook Gruppe „Wohnung für Sylter". Eine wahre Fundgrube an Angeboten und Vorschlägen. Wir meldeten uns an und stöberten durch die vielen Anzeigen und Angebote. Was da alles Lustiges und Nicht-Lustiges geschrieben wurde, war schon echt interessant. Da wurden Menschen belächelt, die eine bezahlbare Wohnung suchten und andere amüsierten sich darüber, dass in Sylt ein anderes Wohnungsmaß galt als für die restliche Welt. Da gab es Vermieter, die für wirklich kleinste Wohnung eine hohe Miete aufriefen.

Das wird ja wirklich eine Herausforderung, dachte ich bei mir und ließ mir nichts anmerken. Wir hatten uns für Westerland, Wenningstedt und Kampen als Wohnort entschieden. Die anderen Orte erschienen uns als zu weit entfernt vom Geschehen. Wobei wir schmunzeln mussten, da es lediglich 40 Kilometer von einem Ende der Insel zum anderen Ende der Insel sind. Solche Entfernungen hatten wir im Ruhrgebiet mal eben zurückgelegt, um zum Sportzentrum zu fahren.

Da war eine Anzeige von einem jungen Mann, der sein Hochzeitsfoto als Profilbild eingestellt hatte. Ich studierte ein wenig seine Posts und die Art und Weise, wie er Artikel verfasst hatte, und schrieb ihm auf sein Wohnungsangebot zurück. Dabei berücksichtigte ich seine Wortwahl und nahm Bezug auf sein Hochzeitsfoto. Siehe da nach kurzer Zeit hatte ich eine positive Antwort und wir tauschten uns aus über facebook aus. Er war Koch und hatte eine neue Herausforderung in Frankfurt angenommen und bot deshalb seine Wohnung hier auf facebook an. Er schickte mir die Fotos von seiner Wohnung, die mir echt gut gefielen. Allerdings wollte er sich bis Anfang Februar entschieden haben, da er dann nach Frankfurt ziehen würde. Mist, dachte ich mir. Das schaffen wir nicht, das ist zu knapp.

Da war eine weitere Anzeige von einem jungen Pärchen, das sich nach dem Surfen in der Nordsee mit nassen Haaren abgelichtet hatte und dies als Profilbild eingestellt hatte. Hier verwendete ich eine ganz andere Sprache, viel lockerer und sportlicher mit Worten, die auch Aktivität ausdrückten. Auch diese beiden schickten mir die Fotos von ihrer Wohnung und wollten uns gerne treffen. Allerdings sagte uns die Wohnung nicht zu, so dass wir keinen Termin vereinbarten.

Und dann war da noch die Anzeige von dem jungen Paar, das jetzt erst einmal auf Reisen gehen möchte und ihre Wohnung zur Untermiete angeboten hatte. Tolle Lage, vernünftiger Preis und dann auch noch möbliert. Das war genau das, was wir gesucht hatten. Unter den Kommentaren waren etwa 30 Antworten und Anfragen, so dass ich unsere Chancen schon etwas schwerer einschätzte. Gleichzeitig ging ich bei dieser Anzeige genau so vor, wie bei den anderen Anzeigen und drückte uns die Daumen, dass es auch hier funktionieren würde. Ich weiß noch heute ganz genau, dass meine Frau bei einem Vorstellungsgespräch in Duisburg war und ich alleine im Café auf sie gewartet hatte als ich die positive Antwort bekam. Als sie von ihrem Gespräch zurückkam, musste ich mich echt beherrschen, um nicht gleich mit der Neuigkeit raus zu platzen, dass wir eine Chance haben, die gewünschte Wohnung in Westerland zu bekommen. Doch nachdem meine Frau ihre Erlebnisse geschildert hatte, konnte ich nicht mehr umhin, und erzählte ihr, dass wir einen Termin auf Sylt haben und uns die gewünschte Wohnung ansehen werden.
Sie konnte es gar nicht glauben. Nach nur einer Woche Suche hatten wir einen Termin für eine Wohnungsbesichtigung auf Sylt. Und dann noch für eine Wohnung in Westerland in Strandnähe, Balkon, bezahlbar und möbliert. Phantastisch.

Wir vereinbarten für Anfang Februar einen Besichtigungstermin auf Sylt. Die beiden waren uns auf Anhieb sympathisch, die Wohnung war bezaubernd und wir konnten die beiden davon überzeugen, dass wir die richtigen Mieter sind. Und so saß ich noch heute bei dem Verfassen der Kurzgeschichten in dieser Wohnung und erfreute mich der Tatsache, dass es uns gelungen war, diese Wohnung zu mieten. Denn im Laufe unseres ersten Jahres auf Sylt hatten wir erfahren wer diese Wohnung noch alles mieten wollte. Da war der Chef von Buhne 16, der eine Personalwohnung suchte, da war der ein oder andere Gastronom, der diese Wohnung haben wollte und auch Sylter, die schon lange suchten. Es erfüllte mich jedes Mal wieder mit Stolz, wenn ich erfuhr was für ein Goldstück wir da gefischt hatten. Uns war es auch selber bewusst und wir genossen es jeden Tag.

Nach nur einem Jahr kamen die beiden wieder von ihrer Weltreise zurück und wir schauten uns nach weiteren Wohnungen auf Sylt um. Wir dachten uns, dass es doch sehr viel leichter sein müsste eine Anschlusswohnung auf Sylt zu finden, wenn wir direkt vor Ort waren und auch bereits mehr Sylter kennengelernt hatten. Doch so ganz einfach war es dann doch nicht. 20 Euro pro Quadratmeter waren hier normal, und ich wunderte mich immer wieder darüber. Das sind Preise, die in München gefordert wurden, allerdings bei einem deutlich höheren Einkommensniveau. Selbst in Hamburg gab es Wohnungen, die uns günstiger vorkamen und auch eine tolle Lage hatten. Und dann gibt es hier auf Sylt noch eine Besonderheit, den sog. Sylt-Quadratmeter. Ich wusste anfangs gar nicht was das ist. Nach den ersten Besichtigungen hatte ich dann verstanden, was damit gemeint ist. Bei der Wohnflächenberechnung wird auf Sylt alles mit eingerechnet. Dachschrägen werden voll berücksichtigt, Terrassen oder Balkone werden großzügig mit eingerechnet und Länge und Breite werden auch schon mal aufgerundet. Renovierungsarbeiten werden dem Mieter überlassen, Feuchtigkeit wird einfach mal unterdrückt, der Mieter ist doch den ganzen Tag am Arbeiten, da ist doch der Zustand der Wohnung nicht so wichtig. Gleichzeitig gibt es auch andere Vermieter, die genau wissen, was sie an zuverlässigen und achtsamen Mietern haben. Weil ständigen Mieterwechsel, unachtsamen Umgang mit der Wohnung und Partys für die ganze Nacht wollen die Vermieter dann auch nicht haben.

Auch im Wohnungsmarkt ist Sylt etwas sehr besonders und unterscheidet sich deutlich vom Festland.

Ich habe in meinem bisherigen Leben schon sehr viele unterschiedliche Jobs gemacht. Dies ist mir bewusst geworden, als meine Frau mich gefragt hatte, ob ich schon einmal im Hotel gearbeitet habe. Klar kannte ich die Hotellerie von früher, besonders den Bayerischen Hof in München. Hier hatte ich nach einer Woche Bundeswehr am Freitagmittag bis spätabends jede Woche Silberbesteck poliert und Tische für Veranstaltungen gedeckt. Wir waren ein paar Jungs, die sich diesen Job teilten. Freitagabend waren wir dann fertig und sind mit dem verdienten Geld feiern gegangen. Ich weiß heute nicht mehr, ob am Ende der Nacht überhaupt noch etwas von dem Geld übrig war.

In meinem ersten Jahr auf Sylt war jetzt eine neue Facette Hotellerie dazugekommen
Während unseres Aufenthalts waren wir spontan in der Villa 54 in Westerland eingekehrt. Meiner Frau hatten die zentrale Lage und das Design sehr gut gefallen. Und das Design ist wirklich außergewöhnlich schön, es ist eine kreative Kombination aus Bädervilla 1920er Jahren mit hochwertigen silberglänzenden stylischen Möbeln. Großzügige Zimmer, egal ob Doppelzimmer, Dreibettzimmer oder Appartement verstecken sich hinter den Türen und überraschen die neuen Gäste.

Und hier verbrachten wir unsere ersten Hotelnächte auf Sylt. Wir fühlten uns sofort wohl und hatten auch einen lustigen Aufenthalt zusammen mit Werner, dem Manager des Hotels. Während des Frühstücks erfuhren wir eine ganze Menge über Sylt, die Gewohnheiten und

Besonderheiten. Unter anderem hatten wir auch, wie in der früheren Geschichte bereits erzählt, erfahren, wo auf Sylt Biike Brennen stattfand.

Als wir letztendlich komplett nach Sylt gezogen sind, las ich eine Stellenanzeige, in der genau für dieses Hotel ein Mitarbeiter gesucht wurde. Das passte doch perfekt, dachte ich bei mir. Mit dem Fahrrad sind es gerade mal 2 Minuten. Ich hatte mich bei unserem Aufenthalt auch wohlgefühlt und fand Werner sympathisch. Ich rief in der Villa 54 an und wir vereinbarten einen Termin. Werner erinnerte sich noch an uns und somit war das Treffen gleich von Anfang an sehr entspannt. Ich erfuhr, was es alles zu tun gibt und machte große Augen, da ich nicht wusste, wie viele unterschiedliche Tätigkeiten dahinterstecken. Gleichzeitig hatte ich schon ganz andere Jobs in meinem Leben gemacht und so vereinbarten wir einmal Probearbeiten. Ich lernte leckes Rührei mit Speck zu braten, den genauen Aufbau des Frühstückstisches, was sonst noch alles zu beachten ist und auch die verschiedenen Hotelbuchungsprogramme. Für den ersten Tag war es ganz schön viel und ich war froh, dass ich noch einen 2. Einarbeitungstag bekam. Ich fand die neue Herausforderung könnte jede Menge Spaß und Abwechslung bringen und so fing ich hier an zu arbeiten. Schnell fühlte ich mich wohl und ich bekam einen teilweise intensiven Kontakt zu meinen Frühstücksgästen. Manch einer glaubte, dass dieses Hotel mir gehörte und wollte dann wissen, wie ich auf diese ausgefallene Innenarchitektur gekommen war. Es war wohl so, dass meine Art und mein Auftreten sehr gut zu dem Hotelstil passten. Ich duzte fast alle meine Gäste, stellte mich auch nur mit Vornamen vor und bekam so sehr schnell einen guten Draht zu den ihnen.

Und wenn ich dann auch noch erzählte, dass ich aus München kam, dann wollten sie gleich mehr wissen. „Wie kommt ein Münchner nach Sylt? Wie lange wohnst du schon auf Sylt? Gefällt es dir hier?" waren meistens die ersten Fragen. Ich liebte es unsere persönliche wie-komme-ich-auf-Sylt-Geschichte immer und immer wieder zu erzählen. Meine Frau hatte den Traum einmal in ihrem Leben auf Sylt zu leben und wir hatten letztes Jahr beschlossen, unsere Träume wahr werden zu lassen. Es war für uns an der Zeit die Wünsche und Träume in echt zu leben und mit Sylt hatten wir den ersten Traum wahr werden lassen. Wenn ich diesen Teil aus meinem Leben erzählte, hatte ich oft das Gefühl bei meinem Gegenüber, dass er oder sie innerlich nickte und sich dann fragte, „Kann ich das auch?". Andere sprachen es direkt aus und meinten, dass sie sich auch damit schon beschäftigt hätten und darüber nachdachten, nach Sylt zu ziehen; nur noch nicht den Mut gefunden hätten diesen Schritt zu wagen. Jedes Mal, und wirklich jedes Mal, wenn ich das mit dem Träumen verwirklichen, gesagte hatte, hatte ich eine Gänsehaut, ein wohliges Schaudern am Rücken, dass mir bestätigte, ich bin richtig. Ich war und bin sehr dankbar, dass meine Frau diesen Traum ausgesprochen hatte, dass wir diesen Schritt getan hatten und für all das, was uns dann in diesem Jahr passiert ist.

Aus dieser Anfangsfrage, „Wie kommt ein Münchner nach Sylt?" ergaben sich Gespräche von einer Intensität und Tiefe, die ich mich so überraschten. Oft kam ich nach Hause und begann schon an der Eingangstür meiner Frau zu berichten, was ich heute wieder im Hotel erlebt hatte wen ich getroffen hatte und welche intensive Begegnung ich erlebt hatte. Die Menschen ließen sich von meiner Offenheit anstecken und erzählten ihrerseits, welche Herzenswünsche sie hatten und was sie wirklich bewegte. So erfuhr ich von dem Wunsch ein Haus auf Sylt zu kaufen, endlich weniger zu arbeiten und dem Wunsch dem Sinn des eigenen Lebens ein deutliches Stück näher zu kommen. Es waren sehr individuelle Geschichten, die mich jedes Mal wirklich berührten.

Meine persönliche Ungeduld fragte mich dann immer wieder, ob ich bei den Menschen mit meinen Erzählungen etwas bewirkt hatte, ob die Menschen mich verstanden hatten und was sie darüber dachten. Gleichzeitig hatte ich auf Sylt gelernt, dass die Dinge etwas mehr Zeit brauchen und ich die richtigen Antworten bekommen werde. Das war eine sehr schöne Erfahrung, die ich mitnehmen durfte. Mit Ruhe und innerer Zuversicht bekam ich die Antworten, die ich gesucht hatte, sowohl im Außen als auch im Inneren. Dafür bin ich sehr dankbar.

In Bayern sagen wir bei der Begrüßung und der Verabschiedung oft nur die kurze Form „Servus". Damit ist bei uns viel gesagt und drückt Wertschätzung und Verbundenheit aus. Servus ist mit dem indischen Namasté quasi direkt verwandt. Damit drücken wir in Bayern aus, dass wir uns vor dem anderen „verbeugen".

Und was mit der Verabschiedung „Servus" alles begann, dass erzähle ich Euch in einer weiteren Geschichte.

Bisher hatte ich nur Sylter und Insulaner erlebt, die einfach versuchten, Servus nachzusprechen, wenn ich es sagte. Das ist mir am Anfang sehr häufig passiert, dass ich beim Betreten und beim Rausgehen einfach kurz Servus gesagt hatte. Das war so selbstverständlich für mich. Doch manch einer sah mich fragend an und andere versuchten, diese für sie eigentümliche Grußformel nachzusprechen. Oft schmunzelte ich beim Hinausgehen ob der lustigen Betonung und auch ob der Wertschätzung in meiner Sprache zu sprechen.
Eines Tages stand ich vor der Villa 54 in der Sonne und beobachtete die vorbeifahrenden Autos und Fahrräder. Da fuhr ein lustig aussehender Mann mit einem Fahrrad am Haus vorbeifuhr und blieb plötzlich stehen. Seine Jeansjacke war offen, darunter lugte ein bunt-kariertes Hemd hervor und seine Haut war gebräunt von der Sylter Sonne. „Wo ist denn der Bahnhof?", fragte er mich und blickte mich durch seine dicken Brillengläser mit quirligen Augen an. Ich zeigte ihm den Weg und

erklärte ihm, dass es mit dem Fahrrad ganz nahe sei. Daraufhin schwang er sich wieder auf seinen Drahtesel und ich verabschiedete mich mit Servus von ihm. Keine Ahnung, warum ich das gemacht hatte. Manchmal wenn ich nicht aufpasste, rutschte mir das Servus einfach so über die Lippen. Er winkte mit der rechten Hand im Losfahren und sagte auch Servus. Plötzlich bremste er abrupt, drehte mit seinem Fahrrad um und mir war klar, warum er dies tat.

Er fragte mich, „hast Du gerade Servus gesagt?" und ich nickte. „Woher kimmst'n?" und er wechselte auffällig in den bayerischen Dialekt. Ich schmunzelte und beantwortete ihm die Frage. Ich sagte ihm, dass ich aus München sei und jetzt seit etwa 3 Wochen zusammen mit meiner Frau auf Sylt lebte. Das war natürlich ein großes Hallo zwischen uns beiden, da der Mann, der sich als Werner vorstellte, aus Garmisch-Partenkirchen war. Auch er lebte erst seit ein paar Wochen hier auf Sylt und hatte sich erst einmal günstig am Bauhof ein Fahrrad besorgt. Er kam wegen einer Arbeitsstelle nach Sylt, er war Croupier in der Sylter Spielbank. Ich erzählte ihm, dass ich hier in der Villa 54 arbeitete und dort neben dem Frühstückservice auch den gesamten Tagesbetrieb am laufen halte. Es war ein fröhlicher Austausch zwischen uns beiden und wer uns beobachtete, musste glauben wir kennen uns schon seit Jahren und hatten uns ganz viel zu erzählen. Wir vereinbarten im Kontakt zu bleiben und tauschten Nummern aus. Ich hatte dann Werner eine ganze Zeit lang nicht gesehen und da ich die Sylter Spielbank noch nicht kannte, schaute ich einfach mal vorbei. Es gibt einen zentralen Platz in Westerland und dort steht das Rathaus. Mittwochs und samstags findet auf diesem Platz der Wochenmarkt statt. Bauern, Fleischer, Fischer und Gärtner bieten hier ihre Waren an. Im Rathaus ist in einem Nebengebäude die Sylter Spielbank untergebracht. Ich öffnete die 2 großen gläsernen Flügeltüren und trat in den Raum ein, in dem nur ein leises Automatensurren zu hören war. Es roch ganz schrecklich nach kaltem Rauch und ein paar einsame Menschen saßen an den Spielautomaten. Der rote schwere Teppich dämmte meine Schritte und ich ging in die Mitte des Raums, wo sich die Anmeldung befand. Von hier aus ging es in einen weiteren Raum, im dem sich die Roulette-Tische befanden. Neugierig ging ich in den Raum hinein und sah mich um. Er war edel eingerichtet und es lag ein Hauch von Glückspiel, Zocken und großen Summen im Raum. Gleichzeitig befand sich um diese frühe Uhrzeit noch niemand hier, so dass ich zurück zur Anmeldung ging. „Moin, kann ich Ihnen weiterhelfen?", klang es von der Anmeldung. „Moin", antwortete ich, „ja ich suche Werner, der arbeitet hier". „Der arbeitet erst heute Abend hier. Der hat die Spätschicht. Und in dem Roulette-Bereich, da ist im Moment noch kein Betrieb. Sie können gerne hier an den Automaten spielen. Die Anmeldung kostet 10 Euro. Wollen Sie spielen?" „Nein", antwortete ich schnell und ging wieder durch die Glastüren hinaus.

„Wow, was ist das denn für ein cooles Fahrrad!", hörte ich eine Stimme hinter mir. Zu diesem Zeitpunkt saß ich im Velotaxi und cruiste durch die Straßen von Westerland. Irgendwie kamen mir diese Stimme und der bayerische Dialekt doch bekannt vor. Ich drehte mich in meinem Velotaxi um und erkannte einen erstaunten Werner. „Mensch Servus, was machst denn du hier. Bist du jetzt auch noch Taxifahrer?" „Ach das hatte ich dir bei unserem ersten Treffen gar nicht erzählt. Ja, ich bin nebenbei mit dem Velotaxi unterwegs und fahre mit den Gästen über die Insel. Echt cooler Job und er macht auch noch riesig Spaß". Werner ging um das Velotaxi herum und begutachtete es von allen Seiten. „Echt pfundiges Teil, schaut super aus". Da kam mir eine Idee. Der Geschäftsführer von Velotaxi hatte mir erzählt, dass er nach weiteren Fahrern Ausschau halten würde und sich über jeden Tipp freut. Und mit Werner, der ganz nebenbei ein echtes Naturtalent im Reden und Leute ansprechen ist, hätte ich doch einen genialen Kollegen gefunden, und wir würden mehr Gäste erreichen und auch viel präsenter in Westerland unterwegs sein. Ich stellte Werner meine Idee vor und malte ihm aus, wie viel Spaß wir doch gemeinsam haben könnten. „Was meinst, was das für eine Schlagzeile gibt. 2 Bayern fahren auf Sylt Velotaxi". Wir sahen uns schon auf der Titelseite der Sylter Rundschau, womöglich noch in Lederhosen und blau-weiß kariertem Trachtenhemd. Beide konnten wir uns lebhaft vorstellen wie wir auf Sylt berühmt wurden und jeder uns in kürzester Zeit kennen würde.

„Pass auf, ich rufe den Geschäftsführer noch heute an und sage ihm, dass ich einen Kollegen gefunden habe. Was meinst?", fragte ich Werner. „Pfundig, und ich melde mich danach bei ihm und stelle mich vor. So mach ma's".

Genauso hatten wir beide dann die Idee dem Geschäftsführer vorgestellt und freuten uns schon auf die positive Antwort. Doch ich bekam schon im ersten Gespräch ein paar Rückfragen, die ich nicht beantworten konnte. „Keine Ahnung", antwortete ich, „danach habe ich ihn nicht gefragt". Ich bin davon ausgegangen, dass fast jeder einen hat". „Stimmte da etwas nicht?", fragte ich mich.

Am nächsten Tag bekam ich eine Nachricht vom Geschäftsführer, dass es wohl Schwierigkeiten mit dem neuen Kollegen geben könnte. Ich las die Nachricht ein zweites Mal durch und konnte mir keinen Reim darauf machen. Gab es da etwas, was ich nicht wusste oder übersehen hatte. Die Geschichte ließ mich nicht los und ich telefonierte mit dem Geschäftsführer. Dabei stellte sich heraus, dass der mögliche neue Kollege tatsächlich keinen Führerschein hatte und somit nicht auf den Straßen von Sylt mit dem Velotaxi fahren durfte. Es musste also mindestens ein Mofa Führerschein her, ansonsten gibt es Schwierigkeiten mit der örtlichen Polizei.

Das nächste Mal als ich Werner wiedergesehen hatte, stand er mit seiner berühmten Gitarre gegenüber vom Harley-Davidson Geschäft und machte Musik auf der Straße vom feinsten. Es war gerade das Wochenende, an dem sich die Biker aus Norddeutschland hier auf der Insel trafen. Für Sonntagmorgen war eine Ausfahrt mit allen Maschinen geplant. Das war ein großartiges Spektakel, doch dazu gibt es in einer anderen Geschichte mehr.

Mit seiner rauchigen und tiefen Stimme konnte Werner Sänger wie Joe Cocker, Ian Gillan, Bruce Springsteen, Bobby Hebb und Marius Müller-Westernhagen ausgezeichnet nachsingen. Jede Menge Zuschauer versammelten sich um ihn und lauschten den Klängen und der Stimme. Manch einer sang mit oder wibbte mit im Takt. Im Hut lag schon einiges an Münzen. Wir stellten uns dazu und er zwinkerte uns beiden zu. In der Pause begrüßten wir ihn herzlich und sagten ihm, wie überrascht und begeistert wir von seiner Performance waren. „Echt cool, und genau passend zum Harley-Davidson Festival". „Ja, die sind hier alle noch ein wenig zurückhaltend mit dem Applaus und dem Geld", meinte Werner. „Ich spiele hier für nen Teller Pasta und ne Nachspeise. Und dafür bin ich 5 Stunden lang dran. Das ist echt ne harte Nummer". Wir konnten es gar nicht glauben, dass er von dem Restaurant engagiert worden war, doch so war es tatsächlich. Ich fand das ja einerseits sehr nett von ihm und gleichzeitig auch sehr knausrig. Eine ältere Dame mischte sich unter das Publikum und munterte Werner auf, weiter zu spielen. Sie war sichtlich begeistert von seiner Musik. In der nächsten Pause stellte sie sich als Produzentin aus Hamburg vor und lud Werner zu sich nach Hamburg ein um dort einige Stücke aufzunehmen und auch zu veröffentlichen.

Ich hatte Werner ein paar Wochen später wieder in der Innenstadt von Westerland getroffen. Aus dem geplanten Plattenvertrag war leider nichts geworden. Wie die Geschichte tatsächlich an diesem Abend endete, konnte und wollte ich hier an dieser Stelle auch nicht weitererzählen. Werner und ich hatten uns regelmäßig an den witzigsten Orten getroffen und einen Plausch über unsere alte und neue Heimat gehalten. Dabei stellten wir beide fest, dass unser bayerischer Dialekt auf Sylt für einige Verwirrung sorgte und teilweise sogar für Unverständnis. So ergab sich folgende Szene beim Bäcker, als Werner sagte: „I kriag zwoa Semmen und hoast a no a Brez'n". Die junge Verkäuferin sah ihn ungläubig an und meinte nur: „Do you speak English?". Ganz ehrlich wir brachen in lautes Gelächter aus und konnten es nicht fassen. Sie tat uns fast leid und doch entschuldigte sich Werner und meinte, dass er versehentlich in seinen Heimatdialekt gerutscht sei. Solche und ähnliche Szenen hatten wir unterwegs immer wieder und wer weiß was alles passierte wäre, wenn wir 2 Bayern mit dem Velotaxi hier unsere Gäste rumgefahren hätten.

Beim ersten Schreiben dieser Geschichte hatte ich noch den Titel „Besuch in Amrum". Doch mittlerweile hatte ich mich daran gewöhnt, dass es bei Inseln richtig „auf" heißt.

Vom Hörnumer Hafen aus ist bei klarem Wetter eine ganze Menge zusehen. Auch 2 unterschiedliche Silhouetten von Inseln. Wenn jemand in Hörnum am südlichsten Ende von Sylt steht gibt es eine einfache Regel nämlich die RALF-Regel. Oft fachsimpeln die Menschen ob links oder rechts Amrum ist. Und hier greift die RALF-Regel: rechts Amrum und links Föhr.

Eines Tages machten wir einen Tagesausflug nach Amrum. Das Adler Schiff brauchte 1,5 Stunden für die ruhige Überfahrt.

Die Insel wird als die Perle der Nordsee mit traumhaften Kniepsand bezeichnet. Unter Kniepsand versteht man eine extrem langsam wandernde Sandbank in der Nordsee. Diese Sandbank liegt westlich der Insel Amrum und erstreckt sich auch noch über die Insel. Deshalb gibt das Geologische Amt von Föhr und Amrum zwei verschiedene Größen für Amrum ab, einmal mit und einmal ohne Kniepsand. Vor mehr als 100 Jahren war der Kniepsand nur vom Ufer aus als Sandbank zu sehen. Heute ist er Teil von Amrum und diese Sandbank wird mit der Macht der Gezeiten auch noch weiterwandern. Es handelt sich dabei um einen 15 Kilometer langen und an einigen Stellen auch 1,5 Kilometer breiten weißen Sandstrand. Und genau an so einer breiten Stelle hatten wir unsere Fahrräder im Kiefernwald abgestellt und sind durch die Dünen marschiert. Uns kam die Entfernung gefühlt ewig vor und wir hatten auch schon überlegt, ob wir nicht besser umdrehen würden, da wir sonst die Fähre verpassen würden. Nein, wir sind weiter gegangen und wurden mit einem traumhaften Ausblick und feinstem weißen Sand belohnt. Ich hatte spontan beschlossen in die Nordsee zu hüpfen. Es war Mai und auf Sylt war die Nordsee noch sehr kalt. Doch hier gab es eine warme Strömung und so zog ich mich nackt aus und ging ins Wasser. Ich hatte es ja gar nicht vor und so hatten wir auch keine Badesachen dabei. Es war ein herrliches Bad, noch etwas frisch und doch auch sehr erfrischend. Das Wasser war sehr trüb. Es war aufgewühlt von einem starken Wind, der die Tage davor über die Inseln hinweg gezogen war. Ich ließ mich von der Frühlingssonne trocknen und dann machten wir uns auf den Rückweg.

Der Tag auf Amrum hatte damit begonnen, dass wir uns Fahrräder ausliehen. Das ist aus unserer Sicht die beste Möglichkeit die Insel zu erkunden. Es gibt Autos, und sogar die witzigen Renault Twizy e-Autos, doch diese waren bereits verliehen, und so machten wir uns mit den Fahrrädern auf Erkundung. Die Infrastruktur ist sehr einfach. Es gibt ein paar wenige größere Straßen und diese führen von Wittdün im Süden nach, wie passend Norddorf im Norden. Da wir bereits sehr früh aufgestanden waren, hatten wir jetzt Hunger und suchten nach einer passenden Einkehr. Vorbei an einer super erhaltenen Windmühle, die auch noch in Betrieb ist und als Wahrzeichen von Amrum gilt, kommen wir in den nächsten Ort, Nebel. Der Name leitet sich nicht von dem Nebel und der nebeligen Gegend ab, wie ich vermutete. Sondern ähnlich wie Niebüll bedeutet nei oder ne soviel wie neu und bel oder büll steht für Siedlung.

Hier trafen wir einige der Passagiere, die wir vorher an Board gesehen hatten, wieder. Viele Möglichkeiten zur Einkehr gab es um diese Jahreszeit noch nicht. Die Geschäfte und Restaurants hatten noch Pause und so kehrten wir beim Fischermeister ein. Hier gab es eine sehr leckere Fischplatte mit Bratkartoffeln im Stehen draußen im Garten.

Gestärkt radelten wir weiter und kamen an den erzählenden Grabsteinen vorbei. 300 Jahre Walfänger- und Kapitänsgeschichten berichteten von der langen Tradition der Amrumer Seefahrer. Dieser Besuch hatte sich auf alle Fälle gelohnt, da die alten Steine liebevoll wiederhergerichtet wurden und einen Hauch der vergangenen Tage vermittelten. Wir fuhren mit unseren Rädern weiter und kamen an einen Pfad, der direkt am Meer entlangführte. Wir wussten in welche Richtung wir fahren wollten und gleichzeitig hatten wir keine Ahnung wie lange dieser Pfad gehen würde. Nur ist es auf Amrum so, dass die Insel so klein ist, dass wir sicher nicht verloren gehen konnten. Wir würden wieder an der richtigen Stelle rauskommen und deshalb fuhren wir auf's geradewohl einfach weiter. Es gab viele Wiesen mit grasenden Schafen auf der linken Seite. Zwischendurch blieben wir immer wieder fasziniert stehen und schauten den Tieren beim Fressen zu. Sie strahlten eine Ruhe und Gelassenheit aus, die uns ansteckte und bei uns für gute Laune sorgte. Die Tiere lebten zusammen mit den Singvögeln völlig friedlich miteinander und ließen sich von uns überhaupt nicht beirren. Es war ein Bild für unsere Seele.

Wir begegnetem so gut wie niemanden auf unserem Fahrradweg und genossen die Sonne und den Ausblick auf das Meer. Nach einer gefühlten Stunde erreichten wir Norddorf. Hier boten sich wechselnde Landschaften mit Dünen, Wald und Wiesen und einem langgezogenen Badestrand. Die Dünenlandschaft war hier deutlich wilder als zuvor. Und was wir von Sylt so nicht kannten war der dichte Wald. Anders als auf Sylt gab es hier richtig Wald, der mit seinem typischen Duft sofort unsere Aufmerksamkeit auf sich lenkte. Wir stellten unsere Fahrräder am Rande des Waldes ab und machten einen kleinen Ausflug zu Fuß. Es war sehr angenehm den Geruch und die Geräusche des Waldes in uns aufzunehmen. Wir rechneten nach und stellten fest, dass es schon mehrere Monate her war, dass wir ein so intensives Wald-Erlebnis hatten.

Zurück ging es gemütlich über die Inselhauptstraße, die mit einem breiten Fahrradweg und nur wenigen Autos sehr angenehm zum Fahren für uns war.

Als wir die Leihfahrräder wieder zurückgaben, sagte meine Frau zu mir, dass ihr dieses Fahrrad viel besser gefallen würde als das, das sie zuhause hatte. Es war einfach stabiler und bot ihr viel mehr Sicherheit im Fahren als das andere. „Na, dann fragen wir doch einfach mal nach, ob wir es kaufen könnten", antwortete ich. Nur leider war es Anfang der Fahrrad-Saison, so dass der Fahrradhändler sehr ungern sein Verleihobjekt verkaufte. Gleichzeitig hatten wir uns notiert was für ein Modell von Fahrrad es war, und so bestellten wir es bei unserer Rückkehr direkt auf Sylt. Inzwischen ist es unser geliebtes Dienstfahrrad geworden und jeder von uns beiden freut sich, wenn er es für die täglichen Besorgungen benutzen kann.

Kaffeerausch und Kite Festival

Kaffee ist für mich ein faszinierendes Thema. Ich habe erst relativ spät in meinem Leben angefangen Kaffee zu trinken. Mit einer Reise in die Dominikanische Republik hatte ich das dunkle und heiße Gebräu trinken und lieben gelernt. Seitdem genieße ich es morgens, um in den Tag zu starten. Auch jetzt wo ich diese Begebenheit aufschreibe, sitze ich mit einer Tasse da.

Wir haben hier auf Sylt ganz unterschiedliche Anbieter von Kaffee. Angefangen von einer eigenen Kaffeerösterei bis hin Kaffeehäusern mit direktem Blick auf die Promenade und das Meer. Und genau hier auf der Promenade finden mehrmals im Jahr Festivitäten wie Winzerfeste, Kite-Festivals und ein Surf-Festival statt. Eine Woche bevor es wirklich los geht werden die weißen Zelte aufgebaut und windfest gemacht. Dann erscheint die Uferpromenade wie ein riesengroßes Zeltdorf.

Meine Frau und ich hatten uns am frühen Nachmittag auf den Weg gemacht, um im Mai auf das erste Kite-Festival zu gehen. Wir wollten mal rausfinden, was Alles angeboten wurde. Gleichzeitig hatten wir auch Hunger und so freuten wir uns auf ein feines Mittagessen. Es roch hier nach Pizza, Bratwurst, Grünkohl und dann auch nach Kaffee. Zwischen den aufgebauten Küchen und Ständen entdeckte ich sie - eine Kaffee-Ape!
Ich kannte die Ape bisher aus meinen zahlreichen Italien-Besuchen. Für mich war eine Ape das Transportfahrzeug schlechthin von Piaggio. 3 Rädern, ein klein wenig wackelig und eine große Ladefläche. So eine

Ape düst für mich immer zwischen den schmalen Gassen in Italien mit lautem Geknatter durch. Das Geräusch ist ganz typisch da der Motor von einer alten Vespa kommt. Übersetzt bedeutet Ape Biene und das passt auch gut. Fleißig wie eine Biene verteilt sie Wasser, Obst und Gemüse in den Dörfern. Und genau so Ape stand jetzt umgebaut mit Kaffeemaschine hier auf der Uferpromenade von Westerland. Zwischen den großen Küchen und den einzelnen Aufbauten erschien sie klein und fein.

Die Seitentüren der Ape waren alle nach oben geklappt. Auf der Ladefläche thronten eine glänzende Kaffeemaschine und eine Profimühle. Rund um die Ape waren schmale Tische mit Tassen und Tellern aufgebaut. Ein Herr, der Barista, stand in einem weißen Oberhemd mit dem Rücken zu uns gewendet und bediente gerade die Kaffeemaschine. Ein Gast hatte einen Espresso bestellt und diesen bereitete der Herr zu. Ich stand mit leicht geöffnetem Mund davor und erinnerte mich an alte Filme und an einen Traum; ein eigens Café!
Ich liebe es in meinen Vorstellungen leckeren Kaffee zu zubereiten, die Gäste zu verwöhnen und auch einen kleinen Plausch über dies oder das zu halten. So zumindest hatte ich es auch in meiner Heimat am Viktualienmarkt kennengelernt. Dort gab es einen Kaffeestand mit gut gelaunten jungen Männern, die es verstanden, einen köstlichen Kaffee zu machten und immer noch Zeit fanden, auf ein paar lockere Worte.
Mir gefiel die Ape sofort und meine Bilder im Kopf begannen zu laufen. Ich hielt meine Frau an der Hand und stoppte. Sie schaute mich fragend an und als sie sah was mir in meinen Blick gekommen war, wurde ihr klar, was ich dachte. Ich wartete bis der Espresso

zubereitet war und sagte dann: "Wow was für eine tolle Ape haben sie da. Ist das ihre?" Der Herr sah mich verdutzt an und nickte nur. Dann erschien ein Grinsen auf seinem Gesicht und ich sah wie stolz er darauf war. „Ja, das ist meine. Wollen sie einen Kaffee?" „Auja gerne und was ist mit dir?", fragte ich meine Frau. So bestellten wir 2 Espressi und sprachen weiter über Kaffee, Ape und alles was dazu gehört. Der Herr stellte sich als Ludwig aus Berlin vor und das er diese Art von Geschäft schon eine längere Zeit betreibe. Für diverse Festivals fuhr er jedes Jahr von Berlin los und verbrachte eine Woche auf Sylt. Die Ape transportierte er auf einem Anhänger und gleichzeitig konnte die Ape auch alleine fahren. Allerdings war die maximale Geschwindigkeit vielleicht 60 km/h und somit ungeeignet für eine Fahrt über die Autobahn von Berlin. Wir waren uns von Anfang sympathisch und im Laufe des Gesprächs hörte ich mich auf einmal fragen, ob Ludwig sich vorstellen könnte, die Kaffee-Ape an mich zu verkaufen. Zuerst schien ihn und auch meine Frau die Frage zu überraschen, doch nach gefühlten 3 Minuten nickte er deutlich und sagte „Ja, das kann ich mir vorstellen".

Ich war selbst ein wenig verdutzt über meine Frage und war mir klar, dass ich wieder aus meinem ersten Impuls heraus gehandelt hatte. Der erste Impuls ist wie ein inneres Zeichen, um mir meinen persönlichen Weg aufzuzeigen. Ich wusste, dass ich in diesem Moment vollkommen präsent war und mich mein Mut und Entdeckergeist angetrieben hatte. Es ist ein schönes Gefühl diesem ersten Impuls Raum zu geben. Auch Ludwig hatte aus einem ersten Impuls heraus gehandelt.

Ich schaute meine Frau an und sie grinste mich an. Überrascht und auch ein wenig aufgeregt fragte ich weiter, ob es wirklich stimmte, was ich da gerade vernommen hatte. Und es war wirklich so, Ludwig hatte es ernst gemeint. Ludwig lud uns ein um die Tische herum zu gehen und uns die Ape mal in Ruhe anzusehen. Die Fahrerkabine war mit Elektro und allem möglichen Zubehör beladen. Im hinteren Teil gab es 2 Kühlschränke mit jede Menge Vorräten und dann war da noch ein Mixer für Smoothie. Ich hatte in diesem Moment so viele Fragen in meinem Kopf, da ich mir gar nicht vorstellen konnte, wie diese Ape und diese Kaffeemaschine funktionierten. Einzig und allein mein Gefühl sagte mir, dass hier ein Goldstück vor mir stand, dass ich mir näher ansehen sollte.

Wir vereinbarten für die nächsten Tage einen Termin, um das neue Projekt genauer zu besprechen. Beschwingt und auch leicht verwirrt verließen wir Ludwig und gingen weiter auf der Promenade. „So jetzt wollen wir was essen und können das Projekt weiter besprechen", sagte meine Frau und zog mich weiter.

Die nächsten Tage gab es fast nur ein Gesprächsthema. Wir befragten das Internet, machten uns schlau auf diversen Seiten und stellten fest, dass eine Kaffee Ape schon sehr oft auf den verschiedenen Festivals im Einsatz war. Es gab die buntesten und verrücktesten Versionen und eine sah besser aus als die andere. Nur ich hatte diese Möglichkeit Kaffee herzustellen bisher noch nicht bewusst wahrgenommen. Ein paar Tage später besuchten wir Ludwig erneut auf der Promenade und stellten ganz viele Fragen. Unter anderem wollte ich auch wissen, was denn seine Vorstellung vom Preis wäre. Er hatte sich in der Zwischenzeit auch Gedanken gemacht und nannte mir seinen Preis. Im ersten Moment erschien mir der Preis recht hoch doch als er mir erklärte was alles zum Gesamtpaket gehörte, fand ich es fair.

Eine weitere Frage war, wie und wo wir zukünftig damit Geld verdienen sollten. Doch Ludwig sagte uns, dass wir auch die bestehenden Verträge übernehmen könnten und so zu sagen sofort in das Geschäft einsteigen könnten. Meine Augen müssen geleuchtet haben. Es fühlte sich zumindest so für mich an und einer meiner persönlichen Antreiber, die Risikobereitschaft, jubelte und die innere Stimme sagte „JA, JA, JA!!"

Doch da gab es auch die andere Stimme in mir, die sagte, dass ich doch gar kein Barista sei und mich mit Siebträgermaschinen nur bedingt auskennen würde. Auf welche Stimme sollte ich jetzt hören und was war die richtige Entscheidung? Wir vereinbarten noch ein wenig Bedenkzeit für uns und versprachen uns erneut zu melden. Es war sehr spannend zu sehen wie unsere Gespräche verliefen und welchen Weg wir einschlugen, um zu einer Entscheidung zu kommen. Da es aus unserer Sicht zu wenig klar war wie wir Geld verdienen konnten sagten wir erst einmal ab. Gleichzeitig vereinbarten wir für das nächste Festival, dass wir einfach mitarbeiten werden, um ein besseres Gefühl dafür zu bekommen, was es bedeutete 12 Stunden und mehr auf der Promenade zu stehen und Kaffee im Akkord zu machen.

Und so kam es dann auch. Ludwig hatte mich tatsächlich angerufen und nachgefragt, ob ich bei den nächsten Veranstaltungen auf der Promenade mitarbeiten wollte. Für mich war es eine wertvolle Erfahrung, die ich gemachte hatte. Ich lernte das Warmlaufen der Kaffeemaschine in der Früh, den Test für die Durchlaufgeschwindigkeit für einen guten Espresso, das Einstellen des Mahlgrades für den richtigen Geschmack und was sonst noch alles zum Beruf des Baristas dazugehörte.

Meine Frau sprach eines Tages davon, dass im Westerländer Kino der Film „Die Stille Revolution" laufen würde. Sie hatte 2 Karten für den Film und die anschließende Podiumsdiskussion besorgt. Veranstalter war der Verein Sylter Unternehmer. Hier haben sich fast alle Unternehmen auf Sylt zusammen-geschlossen, unterstützen sich gegenseitig und besprechen aktuelle Themen in ihren regelmäßigen Sitzungen.

Der Titel des Films sprach mich sofort an. Interessant welche Bilder in mir hochkamen, als ich den Titel zum ersten Mal gehört hatte. Eine Revolution verband ich immer mit einem lauten Getöse, Gewalt und Machtkampf. Ich fragte mich wie eine Revolution im Stillen wohl ablaufen würde. Würde das irgendjemand bemerken, oder erst wenn es zu spät ist?

Für diesen Mittwoch war also Kino angesagt und mit Vorfreude machten wir uns auf den Weg. Die Kinoplakate hatten es schon angekündigt. Es ging um das Thema Arbeitswelt 4.0. Die heutige Arbeitswelt steht vor einem gewaltigen Wandel. Begriffe wie agile Projektgruppen, Selbstbestimmung und Eigenverantwortung sind Themen, die die Herausforderungen der Unternehmen in der heutigen Zeit prägen. Alte Denkmuster und Verhaltensweisen werden hinterfragt. Die jungen Menschen sehnen sich nach mehr Menschlichkeit und besonders auch Sinn in ihrem Arbeitsumfeld. Der Konsum wird hinterfragt und die berufliche Karriere ist für viele nicht mehr das Lebensziel, wie es für meine

Generation noch war. Wie gelingt der Weg von der optimalen Ressourcenausnutzung, den bestmöglichen und effektivsten Arbeitsergebnissen hin zur Potenzialentfaltung. Wie geht unternehmerisches Handeln unter Berücksichtigung des Sinns des Lebens und der Berufung jedes Einzelnen?

Die Zielgruppe für diesen Filmabend waren die Sylter Unternehmer. Von diesen kannten wir bisher noch nicht so viele. Interessanterweise trafen wir dennoch im Foyer auf einige bekannte Gesichter. Da waren einmal die Journalistin, die mich wegen den Adler Schiffen interviewt hatte, und ihr zukünftiger Mann, ein ausgezeichneter Konditor. Weiter hinten sahen wir die bekannten Geschäftsführer von verschiedenen Sylter Restaurants, in denen wir auch schon gespeist hatten. Gleichzeitig waren die allermeisten der Gäste für mich noch unbekannt. Meine Frau zeigte mir den einen oder anderen Gastronom, den sie von früheren Inselaufenthalten kannte. Es war eine bunte Truppe im Foyer versammelt und das laute Stimmengewirr verriet mir, dass sich die meisten kannten und einiges miteinander auszutauschen hatten. Es gab auch Sekt für die Anwesenden, den wir gerne tranken.

Kurz vor sieben gingen wir alle in Richtung Kinosaal 1, den ich zum ersten Mal sah. Er war für Sylter Verhältnisse echt groß. Ich schätzte mal, dass es Platz für 200-300 Zuschauer gab. Und die Stühle waren auch allesamt gut gefüllt.

„Sag mal ist das nicht der Udo von der Strandoase?" hörte ich meine Frau leise fragen. „Da direkt vor uns". Ich war mir wirklich nicht sicher, gleichwohl ich Udo ja schon mehr als einmal persönlich gesehen hatte.

Doch dann wurde es dunkel und wir konnten nicht mehr weiter herausfinden ob er es war oder nicht.

Der Film war echt der Hammer! Ein Film, der den Kulturwandel in der Arbeitswelt von Regisseur Kristian Gründling nach einer Vision von Bodo Janssen skizzierte. Bodo Janssen ist der Geschäftsführer der Firmengruppe Upstalsboom. Ich hatte bis zu diesem Film noch nichts von dieser Unternehmensgruppe gehört. Doch das änderte sich schlagartig mit diesem Film. Die Unternehmensgruppe bereit mit hochwertigen Hotels und Appartements den Gästen in Norddeutschland einen angenehmen Urlaub. Heute spricht man nicht mehr nur von einer Unternehmensgruppe, sondern vielmehr vom dem Upstalsboom Weg. Dieser Weg ist wohl Synonym für eine neue Unternehmenskultur geworden. Freiheit, Selbstbestimmung, Fairness, Wertschätzung sind nur 4 der 12 Werte, die das Leitbild bestimmen. Aus diesen 12 Werten, die in einem Workshop gemeinschaftlich entwickelt wurden, entstand der Wertebaum. Dieser ist seitdem das Herz der Unternehmenskultur. Es entstand im Laufe der Zeit eine Kultur des Miteinanders. Jeder hat die Chance auf persönliche Weiterentwicklung und berufliche Selbstverantwortung. Bodo Janssen hat zuerst begonnen sich selbst zu hinterfragen. Er suchte spirituellen Rat bei Größen wie Pater Anselm Grün, dem Benediktinermönch. Mit diesen neuen Sichtweisen hatte er für große Veränderung im eigenen Unternehmen gesorgt. Heute geben ihm die Zufriedenheitszahlen und auch die harten betriebswirtschaftlichen Fakten recht in dem was er gestartet hatte.

Und dies wurde alles ausführlichst in diesem Film dargestellt. Es war ein Film mit einem WOW-Gefühl, das erst einmal für Verwirrung und Fragezeichen gesorgt hatte. Die anschließende Podiumsdebatte mit Beteiligten aus dem Film und aus der Wirtschaft hatte gezeigt, das diese Entwicklung erst noch am Anfang steht. Viele Unternehmen haben verstanden, dass besonders bei dem vorherrschenden Fachkräftemangel eine Weiterentwicklung der eigenen Unternehmenskultur ansteht. Gleichzeitig ist der Mix aus erfahrenen Mitarbeitern und jungen Mitarbeitern mit neuen Ideen und Forderungen eine spannende Aufgabe.

Ich fand es besonders interessant, dass dieser Film von den Sylter Unternehmern gezeigt wurde. Es schien für mich so, als ob Sylt bei wirtschaftlichen Herausforderungen eine Sonderstellung einnimmt. Die Zahl der Übernachtungen steigt jedes Jahr auf ein neues Rekordhoch, die Überfahrten mit dem Sylt Shuttle sind an den Wochenenden auf Stunden ausgebucht und die angeblich ruhige Zeit im November bis Februar ist alles andere als ruhig. Was aus meiner Sicht eine Herausforderung für Sylter Unternehmer ist, ist die Wohnungssituation auf Sylt und somit die Verfügbarkeit von Mitarbeitern. Die Mitarbeiter wechseln sehr häufig zwischen den Unternehmen. Das führt zu hohen Recruitingkosten und zu Umsatzeinbußen, wie zum Beispiel wenn Ruhetage eingeführt werden müssen weil nicht genügend Mitarbeiter vorhanden sind. Mit Hilfe des Upstalsboom Wegs ließe sich in der Mitarbeitermotivation und Mitarbeiterbindung sicher einiges verbessern.

Und so hörte ich auch Gastronomen und Hoteliers am Ende der Veranstaltung sagen, dass sie ja bereits diese Wege gehen würden und somit auch auf dem richtigen Weg seien. Das verwunderte mich allerdings schon, da ich ein anderes Bild in unserem ersten Jahr gewonnen hatte.

Neuerungen oder Veränderungen wurden mit einem Handstrich vom Tisch geweht. Ich hatte immer wieder gehört, dass die Verwaltung der Insel keine Veränderungen wünscht. Wer etwas Neues anfangen möchte, der darf sich bitte hintenanstellen und ohne das richtige Vitamin B würde es ganz schwer werden.

Gleichzeitig konnte ich auch diese Position verstehen. Viele Menschen kommen für ein Jahr auf die Insel, versuchen etwas aufzubauen oder zu verkaufen und verschwinden nach einem Jahr wieder. Der Begriff „Glücksritter" fiel in diesem Zusammenhang immer wieder.

Ich werde die nächsten Schritte der Sylter Unternehmer weiter beobachten und wünsche mir, dass diese neue Form der Unternehmenskultur auch hier verstanden und gelebt wird.

Zu meinem Geburtstag im September hatte sich meine Frau etwas ganz besonderes ausgedacht. Auf Sylt gibt es nur noch fünf Leuchttürme. Zwei davon stehen auf dem sogenannten Ellenbogen in List, einer ist der Leuchtturm in Kampen, dann gibt es noch das Quermarkenfeuer am „Roten Kliff" und einen Leuchtturm in Hörnum. Und spannend ist, dass fast alle Türme noch in Nutzung sind. Sie weisen den Kapitänen den Weg durch das teilweise unwegsame Wasser und sind beliebte Fotomotive für Postkarten und Urlaubsfotos. Sie stehen auch ein Stück weit für Seefahrerromantik und die lange Walfänger Tradition von Sylt. Jeder der Leuchttürme ist anders und hat seine ganz besonderen Vorzüge. Die beiden Türme auf dem Ellenbogen sind die nördlichsten Leuchttürme Deutschlands und stehen nah beieinander. Hier galt wohl das Motto „Doppelt hält besser".

Der lange Christian, wie die Insulaner den Leuchtturm in Kampen liebevoll nennen, ist schon ganz schön alt. Vor mehr als 150 Jahren wurde dieser erbaut und ist mit über 60 Meter Höhe auch der höchste Leuchtturm. Und dann gibt es noch den Leuchtturm ganz im Süden der Insel in Hörnum. Knut, der alte Leuchtturmmeister führt hier regelmäßig Besichtigungen durch. Allerdings sind die Termine sehr beliebt und es dürfen nur maximal 10 Personen mit auf den Leuchtturm.

Da könnt ihr Euch vorstellen, wie ich mich gefreut hatte, dass wir zwei Karten für diese Besichtigung hatten und der Termin auch schon feststand. Der

Leuchtturm steht erhaben oben auf einer Düne ganz in der Nähe des Strandes.

Wir trafen etwas früher in Hörnum am Hafen ein und spazierten noch ein wenig am Strand entlang. Das Wetter zeigte sich heute von seiner windigen Seite. Der Wind pfiff durch die Klamotten und obwohl es September war, fühlte es sich frisch an.

Am Treffpunkt vor dem Leuchtturm hatten sich schon alle versammelt und ein stämmiger Seemann begrüßte uns in einer Sprache, die ich so gar nicht verstand. Es war in Sölring auch Sylterfriesisch genannt und ich konnte mir am Anfang keinen Reim darauf machen, was es wohl bedeuten könnte. Er hatte sich als Knut, der Leuchtturmwächter vorgestellt und hatte uns alle herzlich willkommen geheißen. Ich musste schmunzeln, da ich die Sprache so in der Form zum ersten Mal gehört hatte. Es klang sehr melodiös mit interessanten Betonungen. Als erster erfuhren wir dass das Wahrzeichen von Hörnum 111 Jahre alt geworden ist.

Seit über einem Jahrhundert weist er nun Schiffen den rechten Weg und hat seitdem einige spannende, weitere Funktionen gehabt, von denen unser Leuchtturmführer auf dem Weg zur 50 Meter hohen Aussichtsplattform berichten wird.

Als erstes bekamen wir blaue Plastiküberschuhe. Knut meinte, dass er keine Zeit und Lust hätte den Sand von der Düne aus dem Leuchtturm wieder hinauszukehren. Also stülpten wir uns die Dinger über und gingen die ersten Stufen hinauf. Im ersten Drittel befand sich ein kleiner Raum, der Platz für eine Tafel, 10 Bänke und Stühle bot. Es war zu unserer Überraschung ein Klassenzimmer. Von 1914 bis 1933 war hier die kleinste Schule Deutschlands untergebracht. Selbst die Lehrerskinder wurden hier unterrichtet. Kein Wunder, es gab auch weit und breit keine Schule. Die nächste Schule befand sich in Westerland und bis dahin war es wirklich eine weitere Reise. Wir setzen uns in die letzte Reihe und lauschten den lebhaften Geschichten. Es muss eine aufregende Zeit damals gewesen sein.

Weiter ging's vorbei am neumodischen Telekommunikationsraum hinauf zum Kämmerchen vom Leuchtturmwärtergehilfen. Ja den gab es damals wirklich. Während der Leuchtturmwärter unten am Fuße des Leuchtturms in seinem schicken Häuschen schlief hatte der Gehilfe Dienst und konnte zwischendurch in der kleinen und kalten Kammer schlafen. Allerdings gab es auf im ganzen Leuchtturm keine Toilette. Und da in den früheren Zeiten die Menschen schon mal gerne viel tranken, musste der arme Kerl immer wieder den ganzen Weg nach unten machen. Das hatte allerdings auch den Vorteil, dass er so gut wie nüchtern war, wenn er oben wieder ankam.

Zwischendurch hatten wir durch die kleinen Fenster in der Metallwand schöne Ausblicke auf die umliegende Umgebung. Nach etwa 2/3 der Strecke kamen wir am „Standesamt" vorbei. Seit 2003 werden hier oben Trauungen durchgeführt. Es ist nur sehr wenig Platz für alle vorhanden: eine Bank für das Brautpaar, zwei Stühle für die Trauzeugen und ein wenig Platz für den Standesbeamten. Die restlichen Besucher können sich auf den Treppen aufstellen und zusehen. Wir beide durften unsere eigene Hochzeit proben. Wir nahmen auf der Hochzeitspaar-Bank Platz und ließen uns fotografieren. Es war ein sehr schönes Gefühl. Wir vereinbarten mit den zufälligen Trauzeugen einen Termin für 2019 und vielleicht kommen sie ja wirklich vorbei.

Oben angekommen hatten wir von der Galerie aus einen herrlichen Ausblick über die Insel- und Halligwelt. Die Sicht wurde ein wenig getrübt, da es zu regnen begann. Gleichzeitig machte uns das nichts mehr aus. Die alte Petroleumlampe, die 1948 durch Strom ersetzt wurde, konnten wir hier oben nicht mehr begutachten. Dafür erfuhren wir, dass jeder Leuchtturm sein eigenes Lichtmuster hat. So können die Kapitäne auf hoher See erkennen, welchen Leuchtturm sie gerade sehen. War mir so auch nicht klar und fand ich echt clever und interessant.

Romantik ade: Einen Leuchtturmwärter gibt es seit 1976 nicht mehr – das Licht wird seitdem ferngesteuert.

Wir genossen die Aussicht über „unsere Insel" in vollen Zügen und fühlten uns dankbar, dass wir hier wohnen durften.

Da die nächste Gruppe schon wartete, ging es eiligen Schrittes wieder hinunter. Am Ende fragte uns Knut wie viele Stufen wir den hinuntergelaufen sind. Ich musste schmunzeln. Es ist so eine Eigenart von mir Stufen zu zählen. Und es scheint so dass diese Eigenart nicht wirklich viele mit mir teilen. Stolz prustete ich 192 Stufen heraus. Knut und die anderen Gäste sahen mich ganz erstaunt an. Keiner hatte gezählt und Knut war sehr überrascht, da ihm das wohl sehr selten passierte. „Stimmt", meinte er, „es überrascht mich schon sehr, dass du mitgezählt hast".

So endete ein wunderbarer Ausflug mit einem breiten Grinsen nicht nur in unseren Gesichtern.

Sonnaufgänge und Sonnenuntergänge

Der Sommer 2018 war sensationell. Wir hatten gefühlt von Mai bis Ende Oktober durchgehend Sonnenschein. Während die Menschen auf dem Festland ächzten und stöhnten wegen der Hitze, fühlten wir uns super wohl bei einem lauen Lüftchen und sommerlichen Temperaturen. Am 27. Juli hatten wir in List den Rekordwert von 32°.

Wobei wenn ich mir die Fotos von unserem ersten Jahr so ansah, waren da auch welche dabei auf denen wir ein Anorak und eine Mütze anhatten. Und das Datum zeigte Juni. So gesehen war für jeden etwas dabei. Für uns ist der Moment, in dem ein Tag erwacht, ein ganz besonderer Moment. Die Frische und die Neue des Tages zeigt sich wie eine aufgehende Blüte, zart und fein. Die Blätter und Gräser tragen die Feuchtigkeit der Nacht und das Wasser glitzert im ersten Sonnenlicht und spiegelt die Farben des Regenbogens. Wir hatten von unserem Balkon aus am östlichen Horizont häufig ein helles Band von farbigen Wolken und einem kräftigen blauen Himmel gesehen. Angestrahlt von der aufgehenden Sonne war das ein Mega-Spektakel und zeigte uns die Kraft des neuen Tages.

Meine Frau sagte mir: „Morgen in der Früh geht die Sonne um 5:05 auf. Was hältst du davon, wenn wir morgen richtig früh aufstehen und uns die Schönheit am Himmel einmal genauer ansehen?" kam die spontane Frage hinterher. „Sehr gute Idee, die finde ich klasse und so machen wir es", war meine Antwort.
Für den nächsten Morgen stellten wir uns den Wecker auf 4:30 Uhr. Als es klingelte fühlte es sich erst einmal an als ob etwas nicht stimmte. Warum so früh?
Doch der zweite Gedanke des Tages war an den bevorstehenden Sonnenaufgang und sofort waren wir beide munter. Naja, was wir halt für die frühe Uhrzeit unter munter verstanden. Rein in die Klamotten, kurz die Zähne geputzt und noch zwischendurch Kaffee aufgesetzt. Um kurz vor fünf Uhr saßen wir freudig erregt im Auto und fuhren zum Wattenmeer.

Am östlichen Rand der Insel begrenzt das Wattenmeer die Insel und unterliegt den natürlichen Gezeiten. Das Watt wird zweimal am Tag vom Meer komplett geflutet und danach fällt der Meeresspiegel so stark ab, daß das Watt wieder trocken wird und Menschen darüber laufen können. Das vor etwa 7500 Jahren entstandene Wattenmeer dient vielen Vögeln, Fischen und vielen Kleinsttieren als Rastplatz und Nahrungsquelle. Und dann steht fast das ganze Watt auch noch unter Naturschutz.

Wir stellten unser Auto ab, nahmen unsere Thermoskanne und gingen noch ein paar Schritte in Richtung Wattenmeer. Dort stand eine alte verwitterte Holzbank, auf die wir uns setzten. Wir schauten über das Wattenmeer und sahen, dass am Horizont bereits ein heller Streifen schimmerte. Die untersten Wolken waren

angeleuchtet und es deutete sich ein genialer Sonnenaufgang an. Wir kuschelten uns aneinander, da es doch
noch recht frisch war und sahen verträumt in Richtung
Osten. Am Horizont drehten sich die schmalen Silhouetten der vielen Windräder. Langsam, mit kleinen
Schritten zeigte sich die Sonne vorsichtig am hintersten
Ende der Welt; zuerst eine kleine feuerrote Scheibe mit
vielen hellen Strahlen in alle Richtungen. Die Erde
rund um die Sonne wurde beleuchtet und es schien als
würde alles brennen. Dann zeigte sich die Sonne immer
mehr, in den tollsten Farben von gelb über orange bis
hin zu rot. Der Himmel nahm alle Schattierungen an.
Langsam verströmte die Sonne auch ein wenig Wärme,
die wir dankbar aufnahmen. Unsere Herzen hüpften vor
Freude, wir drückten uns noch mehr aneinander und ein
Gefühl von Dankbarkeit wuchs in uns. Wir waren beide
so erfüllt, dass wir dieses außergewöhnliche Naturschauspiel in der Klarheit, Schönheit und Ruhe genießen durften. Der Himmel im Osten sah aus als ob er
brennen würde als wenn er... tja es ist tatsächlich
schwierig hier die passenden Worte zu finden für so etwas Schönes. Der Tag erwachte, zeigte seine Stärke
und Energie und wir spürten, dass wir etwas richtig
Großes miterlebt hatten.
Nebenbei tranken wir wärmenden Kaffee und fühlten
uns mit dem Himmel verbunden. Dieser Morgen war
ein Geschenk für uns. Ich war überrascht wie schnell
die Sonne sich in ihrer ganzen Größe bereits am Himmel zeigte und dachte für mich „wenn die Sonne so
weiter in der Schnelligkeit aufsteigt dann ist doch gar
nicht ausreichend Strecke am Himmel für einen ganzen
Tag". Mit einem Schmunzeln verwarf ich den Gedanken, da ich ja wusste, dass es so nicht sein kann.

Die Blätter der Heide und der Bäume spiegelten das Sonnenlicht und die ersten Schatten waren am Boden zu sehen. Es stieg ein Geruch von Wärme, Erde und Natur in unsere Nase, den wir mit einem tiefen Atemzug in uns aufnahmen. Ich fühlte die Verbundenheit mit allen Sinnen. Es machte mich zufrieden und ich fühlte mich richtig und angenommen.

Mittlerweile hatte die Sonne schon ein Stück des Tages am Himmel zurückgelegt und wir hörten wie unser Magen knurrte. „Stimmt, an das Frühstück hatten wir gar nicht gedacht", sagte meine Frau lachend. Wir verließen unseren liebgewonnenen Platz auf der alten Holzbank, bedankten uns bei der Sonne, dem neuen Tag für diese Eindrücke und die Gefühle und fuhren völlig zufrieden wieder nach Hause.

Dieses eindrucksvolle Naturschauspiel hatten wir in dieser Intensität nur einmal am Morgen erlebt. Anders war es mit den Sonnenuntergängen. 2018 war aus meiner Sicht voll mit phantastischen Sonnenuntergängen.

Ich hatte immer wieder das Gefühl in der Karibik zu leben. Wir saßen oft in einem Strandkorb mit einem leckeren Picknick-Korb und sahen verträumt in die

Ferne. Dort am Horizont zeigte sich die untergehende Sonne in seiner vollen Schönheit und nahm uns immer wieder auf eine bunte, faszinierende und beeindruckende Reise mit. Ich erinnere mich noch gut, wie wir unseren Korb einpackten, alles was im Kühlschrank zu finden war wanderte in den Korb, dann noch 2 Teller und Besteck und der restliche Rotwein. Laut singend und mit großer Vorfreude überquerten wir den Dünenübergang, grüßten unsere Kurkartenkontrolleurin gut gelaunt und suchten uns einen schönen Strandkorb aus. Wir richteten den Strandkorb so aus, dass wir die Sonne gut beobachten konnten, und deckten so zusagen unseren Tisch im Strand. Die bunte Decke als Tischdecke nutzend, breiteten wir unsere Köstlichkeiten aus. Von den umliegenden Gästen spürten wir die neidischen Blicke und ließen uns nicht weiter darauf ein. Mit einem Lächeln im Gesicht stießen wir mit unseren Gläsern an und freuten uns das wir so ein Glück erleben durften. Wir nahmen diesen schönen Moment in vollen Zügen an, waren vollkommen präsent im hier und jetzt und fühlten die Dankbarkeit und den inneren Frieden in unserem Herzen. Es war ein Moment des Glücks und der Zufriedenheit.

Wir beobachteten die Möwen wie sie im seichten Wasser, dass von der restlichen Sonne angestrahlt wurde, nach Fischen oder Muscheln suchten. Sie stürzten sich wagemutig in die Wellen und schnappten geschickt mit ihrem Schnabel das Futter. Da waren noch die kleinen Vögel, deren Namen wir nicht kannten. Wir nannten sie Einbeiner. Immer wenn sie sich am Wasserrand ausruhten, standen sie auf einem Bein. War offensichtlich so ne Art Erholung oder Vogelmeditation. Es sah so aus wie wenn die Einbeiner auch den Sonnenuntergang betrachteten und den Tag noch einmal in Ruhe durchgehen würden. Und am beeindrucktesten waren immer noch die Farben. Diese Vielfalt und diese Übergänge schafften nur der Himmel und die Sonne. Die Reichhaltigkeit ging von gelb über orange bis hin zu einem dunklen rot. Wir entdeckten neue Farbkombinationen und Veränderungen in der Schattierung und sahen wie sich andere Farben auflösten. Bis auf die fehlenden Palmen und die etwas kühleren Temperaturen erlebte ich hier auf Sylt Sonnenuntergängen wie in der Karibik.

Postbesuch auf Friesisch

Es hilft nix, mein Paket ist bei der Post gelandet und ich muss es abholen. Mein Weg heute morgen führte mich daher schnurstracks zur einzigen Postfiliale auf der Insel in Westerland. Hier gibt es 2 Reihen, eine für den normalen Betrieb und eine für die Paketausgabe. Vor mir waren doch tatsächlich nur 2 weitere Kunden und ich dachte für mich, dass wird schnell gehen. Am Counter hatte sich ein stämmiger, blonder Mann aufgebaut, der friesischer nicht sein könnte. Seine Körpersprache war absolut tiefenentspannt, in seinem Gesicht war klar und deutlich ein "Jo" abzulesen, das mit jeder Lebenssituation umzugehen weiß und dass keine Widrigkeiten kennt. In aller Seelenruhe erörterte er mit der Dame von der Post die Frage, ob das Paket zu diesem oder jenem Preis verschickt werden kann. Was es da für Möglichkeiten gab und wie lange das denn ungefähr dauern wird. Der Vorgang dauerte entspannte 12 Minuten (geschätzt). Schließlich nahm die Frau vom Postamt dem jungen Mann das Paket ab, maß es mit dem Metermaß ab und klebte die entsprechenden Briefmarken auf.
In der Zwischenzeit wackelte ich von einem Bein auf das andere und hatte mich in der ganzen Filiale umgesehen.

Kurz darauf betrat ein älteres Ehepaar die Schalterhalle und es entspannte sich zwischen ihnen und dem schon anwesenden Friesen in der Schlange ein ausführlicher Dialog in Sölring, dem ich mangels entsprechender Sprachkenntnisse nicht folgen konnte, der mich jedoch auf unerklärliche Weise erheiterte. Allein die

Sprachmelodie machte gute Laune. Angeblich gibt es auf der Insel nur noch rund 1.000 Menschen, die dieser Sprache mächtig sind. Als die Dame vor mir an der Reihe war, sagte sie zu mir: "Na, da haste nich' viel von verstanden, was?", und lachte herzlich. Man duzte sich hier und das gefiel mir.

Ich lachte ebenso herzlich zurück und gab zu, dass ich gebürtiger Münchner bin und ich trotz zahlreicher Auslandsaufenthalte und diverser Sprachkenntnisse nichts verstanden hatte. Als das hatte mir hier auch nicht weiterhelfen können.

Die Dame ging an den Schalter und begrüßte die Postbeamtin mit einem kräftigen "Moin, Claudia, na wie geht's". Claudia antwortete "Moin! Was haste denn heute dabei?" Und daraufhin entstand ein Gespräch zwischen den beiden über die bevorstehende Saison 2018. Es wurden innerhalb kürzester Zeit alle möglichen Szenarien besprochen, welche Auswirkungen das Wetter haben wird und wo und wann welches neue Lokal bereits aufgemacht hatte oder noch aufmachen wird. Ich schüttelte mich innerlich vor Lachen und konnte mich kaum beherrschen, als ich mir vorstellte, dass exakt die gleiche Szene in einem Münchner Postamt stattfinden würde. Spätestens als das Handy der Dame am Counter klingelte, wäre die Dame von den hinter ihren Stehenden in jeder anderen Region der Republik angemault bzw. weggeschoben worden. Doch nicht so auf Sylt. Claudia nahm in aller Ruhe das Paket in Augenschein, wog es ab und befand es als zu groß für ein Päckchen. Währenddessen erzählte die Dame ihrer Nachbarin am Telefon, dass sie gerade in der Postfiliale sei und dass sie nachmittags bei ihr vorbeischauen würde. Von Eile oder Zeitmangel war hier nichts zu spüren. Ich vermutete, dass ich der einzige in der Schlange war, die sich inzwischen gebildet hatte, der nervös wurde. Alle anderen sahen vor sich hin, spielten mit dem Handy oder unterhielten sich mit dem Vorder- oder Hintermann. Es war unglaublich welche Ruhe die beiden am Counter ausstrahlten und sich durch nichts aus der Ruhe bringen ließen. Nach gefühlten weiteren 15 Minuten war ich also dran und durfte freudig winkend mit meinem Paketschein das Paket auch abholen. Ich konnte mir ja einen Kommentar nicht verkneifen und so sagte ich zur Postbeamtin, dass ich es schon bewundernswert fände mit welcher Ruhe und Gelassenheit die Menschen hier mit einander umgehen. „Ja muss ja auch mal sein, ist ja sonst alles eine sehr hektische Zeit", befand die Dame von der Post. Ich konnte nicht mehr an mich halten und lachte lauthals los. Sie freute sich, dass sie einen so guten Witz gemacht hatte und ich für mich fand es klasse, dass hier auf Sylt die Uhren noch anders gehen und die Zeit miteinander so sehr geschätzt wird.

Sylt - die Weltmarke zum Feiern

Das Taschentuch – Tempo, der Klebestreifen – Tesa, die Insel – Sylt. Wenn ich meine emails verfasse, reicht es schon aus, als Gruß „von der Insel" zu schreiben und jeder weiß Bescheid. Jeder spricht hier nur von der Insel. Gut, für mich muss ich es in meinem Kopf noch immer wieder übersetzen. Weil, es heißt doch eigentlich auf der Insel. Doch inzwischen klappt es schon ganz gut.

Ich hatte neulich in der Sylter Rundschau gelesen, dass Sylt wieder zur wertvollsten Marke gewählt wurde. Es wird auch ganz ganz viel dafür getan, dass die Gäste einen nachhaltig guten Eindruck von der Insel erhalten. Es gibt keine Graffitis an den Wänden, die Pfosten und Ampeln sind mit ganz wenigen Aufklebern beklebt, Abreißzettel habe ich noch gar keine gefunden und selbst die Wartehäuschen der Buse sind sauber und aufgeräumt. Das ist mir alles aufgefallen. Ich bin von der Stadt auch anderes gewöhnt und so freute ich mich über die Sauberkeit. Der Strand ist morgens gereinigt. Es stehen ganz viele Mülleimer am und um den Strand herum, die Menschen denken daran ihre Zigarettenstummel aufzuräumen, die Hundebesitzer halten sich meist an die Reinigung des Strandes und auch sonst gehen die Menschen hier sehr achtsam mit der Natur um. Manchmal erledigt auch der Wind oder das Meer den Rest und nimmt alles mit.

Auch beim gemeinsamen Feiern hatten wir viel Achtsamkeit im miteinander gesehen und gespürt. Das beste Beispiel waren die Sylvester- und die Neujahrsfeier.

„Wie ihr wollt auf der Promenade Silvester feiern? Da ist so viel los, da gehe ich nicht mehr hin. Unglaubliche Menschenmassen, ein Gedränge..." und was wir nicht alles im Vorfeld gehört hatten. Gleichzeitig hatten wir beschlossen, dass wir uns unser eigenes Bild davon machen werden und so kam es dann auch. Zuhause feierten wir uns am Silvesterabend schon einmal warm. Obwohl das ganze Haus voll war mit Feriengästen, spürten wir während unserer privaten Feier nichts davon. Die Sonos Box dröhnte so laut wie sie konnte, wir tanzten ausgelassen durch das Wohnzimmer und sangen dabei jedes Lied mit voller Stimme mit. Von den Nachbarn sahen und hörten wir nichts. Gegen 22:30 Uhr klingelte es dann an unserer Tür. Wie vereinbart kamen unsere Bekannten vorbei und holten uns ab. Gemeinsam wollten wir zur Promenade gehen und uns selber davon überzeugen, wie viele Gäste auf der Insel waren und wie diese feierten. Als wir aus der Haustür rausgingen, sahen wir am Himmel Lichtblitze und von unten beleuchteten Wolken. Die Lichtblitze schimmerten in verschiedenen Farben und wanderten über den ganzen Himmel. Die Lasershow von Wenningstedt war entweder schon voll im Gange oder die Proben war am Laufen. Es sah beeindruckend aus und ich bleib stehen, um mir alles ganz genau anzusehen.

„Komm lass uns zur Promenade gehen", hörte ich die anderen sagen. „Es ist bestimmt schon einiges los". Ich riß mich von den beleuchteten Wolken los und rannte den anderen hinterher. Die Strandübergänge waren nicht weit weg von unserem Zuhause und so marschierten wir zum Brandenburger Strand. Die Promenade hier an dieser Stelle war fast menschenleer. „Wo waren alle Menschen, die ich noch am Mittag hier gesehen hatte?" Diese Frage stellte ich mir leise und war

überrascht. Das Meer peitschte gegen den Brandungs-
schutz. Es war Flut und vom Strand selber war nicht
mehr viel zu sehen. Der Wind hatte gut geblasen und
das Wasser rauschte mit seinem gewohnten Grummeln
lautstark vor sich hin. Selbst weiter draußen waren in
der Dunkelheit die Schaumkronen auf der Nordsee zu
erkennen. Wir gingen weiter in Richtung Musikmuschel, dort vermuteten wir die Party. Und so kam es
dann auch. Je näher wir kamen, umso mehr Menschen
feierten schon auf der Promenade. Hier war alles hell
erleuchtet von den unterschiedlichen Strahlern. Auf der
Bühne stand der DJ und drum herum waren wirklich
sehr große Boxen aufgebaut. Die Stimme des DJ's war
zu hören und er forderte gerade die Gäste auf ihre
Hände nach oben zu nehmen und zu hüpfen. Bis vor die
Musikmuschel kamen wir nicht mehr, da die Reihen
schon dicht gedrängt standen. Wollten wir auch nicht
und so suchten wir uns am Rande einen Platz, an dem
wir stehen und tanzen konnten. Es wurden immer mehr
Menschen und gleichzeitig war zwischen den Feiern-
den noch so viel Platz, dass die Menschen locker durchgehen konnten. Und die, die durchgingen, machten das
auch mit viel Rücksichtnahme und entspannt. Es war
sehr schön zu sehen wie die Menschen miteinander um-
gingen. Die Musik war von der Lautstärke sehr angenehm und wir konnten uns noch gut unterhalten. Nur
wir wollten uns gar nicht unterhalten, sondern wir wollten tanzen. Und das ging wunderbar. Wir sangen und
tanzten einfach weiter, so wie wir bei uns im Wohnzimmer schon angefangen hatten. Die Gäste um uns
herum steckten wir mit unserer guten Laune-Partystim-
mung an und all tanzten mit. Die ersten Knaller und
Raketen waren schon am Himmel zu sehen. Diese wurden vom Strand aus gestartet, so dass niemand in

Gefahr kam. Es war ein friedliches Miteinander und ausgelassene Partystimmung. Von Menschenmassen, die uns erdrückten, von Enge und Platzangst war keine Spur Wir fühlten uns wohl, bewegten uns und hatten trotz niedriger Außentemperaturen ein warmes Gefühl. Langsam sahen wir mehr Raketen und Strahler am Himmel und der Countdown wurde heruntergezählt. Ich weiß nicht wie viele Menschen gemeinsam die letzten Zahlen herausbrüllten, es klang nach vielen und dann war es 12:00 Uhr, Mitternacht. Silvester 2018 und das neue Jahr zeigte sich. Der Himmel war erleuchtet von Millionen von funkelnden Raketen, leuchtenden Sternen, schillernden Farben und Glitzern. Es war prachtvoll und wir standen beide mit offenem Mund und bestaunten das Spektakel. Natürlich erst, nachdem wir uns ausgiebig geherzt und gedrückt und vieles Gutes gewünscht hatten. Auch die um uns stehenden Menschen beglückwünschten wir und stießen mit ihren Gläsern auf ein glückliches neues Jahr an. Es war eine fröhliche Stimmung von Menschen, die gerne hier standen und gerne mit allen feierten. Nichts von zu viel Menschen war zu sehen noch zu spüren. Nach einem gemeinsamen Mitternachtswalzer, viel Sekt und Champagner tanzten wir ausgiebig und ausgelassener durch die Nacht. Unter freiem Himmel, die Sterne sahen uns zu, direkt vor den Augen des Meeres - ein Traum war wahr geworden.

Ich hatte von einem tollen Pärchen, die Gäste im Hotel waren erfahren, dass an Neujahr der absolute Geheimtipp auf der Insel die Sansibar ist. Tja richtig, da ist sie wieder, die berühmte Sansibar. Der Tipp lautete, ab 13:00 Uhr ist ein DJ in der Sansibar und dann wird auf den Tischen getanzt. So ganz konnten wir uns das nicht vorstellen, und deshalb wollten wir es uns selber anse-hen. Am Parkplatz unten angekommen war schon mächtig was los. Es gab Stau auf dem Parkplatz der Sansibar und die vielen teuren Autos suchten im Kreis fahrend eine Lücke zum Parken. Da wir nicht so lange bleiben wollten, stellte ich unser Auto recht frech in ei-nen halben Parkplatz und wir machten uns auf den Weg. Es war ein sehr windiger Tag. Orkanartige Böen waren für heute angekündigt und so fühlte es sich auch an. Gleichzeitig wollte ich es ja so. Da die versproche-nen Herbststürme im letzten Jahr ausgeblieben sind war es gerade richtig so. Am Himmel fetzen die Wol-ken entlang und überholten sich gegenseitig. Es war ein tolles Schauspiel. Die Luft war erfüllt von fliegendem Sand, der sich in den Haaren festsetzte und der Mund trocknete aus. Am Wegesrand nach oben standen viele Fahrzeuge aus den unterschiedlichsten Städten Deutschland und die Musik tönte uns schon entgegen. Oben angekommen staunten wir nicht schlecht. Eine Menge an Menschen tummelte sich draußen um die Sansibar, fröhlich trinkend und essend. Es roch lecker nach Currywurst, eine Besonderheit der Sansibar. Wir drängelten uns etwas durch die vielen Menschen, um auch innen reinzukommen. Draußen waren alle Bänke und Tische besetzt und die Menschen feierten hier schon kräftig. Die Musik aus den Boxen war sehr laut. Feinste Partymusik zum Mitsingen und Mittanzen ließ unsere gerade abgekühlte Feierlaune wieder ansteigen. Und das mittags um 1 Uhr! Innen war es dann der ab-solute Hammer. Die Gäste standen auf den Tischen, den Bänken oder in den Durchgängen, sangen lauthals mit. Und feierten ausgelassen. Die Decke war gefüllt mit 1000enden von Luftballonen und Luftschlangen hingen herunter. Gerade gab der DJ Vollgas. Es war die allerbeste Partylaune unter den Gästen und die Stimmung war am kochen. Was für eine sensationelle Veranstaltung. Wir mischten uns unter das Volk, tanzten und sangen ausgelassen mit. Hier feierten einfach alle, ob jung oder alt, arm oder reich. Und mit jedem neuen Lied wurde uns wärmer, wir strahlten über beide Ohren und fühlten uns super wohl. Faszinierend war auch der Service. Trotz tobender Menge und jede Menge Gedränge wurde hier ein Service geboten, der vom allerfeinsten war. Mit einem Lächeln oder einer Textzeile aus dem gerade gespielten Lied wurde alle flott und zufriedenstellend bedient. Völlig unaufgeregt und sehr professionell lief das gut gelaunt im Hintergrund ab. Wir beide waren begeistert und bedankten uns für diesen „Geheim"-Tipp.

Unser Jahr war geprägt von vielen tollen Erlebnissen. Wir hatten sehr interessante Begegnungen, haben spannende Menschen kennengelernt und uns hier richtig zuhause gefühlt. Und das wo es auf Sylt neben der Uwe Düne keine weiteren Hügel, geschweige denn Berge gibt. Der Föhn heißt hier Süd-Ost Wind und bereitet manch einem Einwohner Kopfschmerzen. Die Häuser sind Reet-gedeckt und die Menschen begrüßen sich den ganzen Tag über mit einem fröhlichen „Moin". Somit ist wirklich vieles ganz anders als in meinem südlichen Zuhause und gleichzeitig habe ich mich und wir uns sehr sehr wohl gefühlt. Es sind noch viele weitere witzige Begebenheiten passiert und passieren uns auch immer wieder. Ich bin der Meinung, dass Sylt ein ganz besonderer Ort ist und hier sehr positive Energie verströmt wird. Für viele Urlauber ist es einfach ein schönes Gefühl hier wieder herzukommen. Doch für Menschen, die hier länger leben ist es mehr.

Das führte allerdings im Herbst 2018 auch zu einigen Überlegungen wie unser nächstes Jahr 2019 aussehen könnte. Wir befassten uns gefühlt jeden Tag mit diesem Thema. Klar wir hatten den Untermietvertrag auch nur bis Ende November abgeschlossen.
So kam es das der erste Termin, Ende November verstrich und wir verlängerten noch einmal unsere Zeit in der Untermiete. Der zweite Termin, Ende Dezember verstrich ebenso und wie handelten noch einen weiteren Monat Miete heraus. Doch so richtig wussten wir nicht wie es weitergehen sollte. Bis zu dem Zeitpunkt

Silvester 2018. Wir bekamen eine kurze Meldung über immoscout24 das eine weitere Wohnung im Angebot sei. „Na gut" sagten wir uns und meine Frau antwortete kurz auf diese Annonce. Noch am gleichen Abend bekamen wir einen Anruf vom Vermieter. Der wollte uns doch glatt am Neujahrestag sehen und mit uns gemeinsam die Wohnung besichtigen. Was für eine positive Wendung auf einmal unsere Überlegungen genommen hatten. Und das wo wir uns schon entschieden hatten für 2 Monate nach Thailand zu fliegen, um zu sehen wie es weitergehen könnte.

Nach einer Besichtigung und gegenseitigem Kennenlernen war uns allen klar, dass wir die neuen Mieter sind und wir ab März 2019 weiter auf Sylt leben werden. Wir jubelten, wir freuten uns und wir waren mächtig stolz.

Und Du lieber Leser bekommst auch 2019 die Chance mit zu verfolgen, was wir alles erleben und welche tollen Begegnungen wir haben werden.

Ringreiten als authentischen Inselsport

Also so etwas hatte ich wirklich noch nie gesehen. Ich hatte bei meiner velotaxi Tour zwei Gäste dabei, die gerne mit mir nach Keitum fahren wollten. Wir hatten eine schöne Runde über die neue Flughafen-Fahrradstraße, über St. Severin bis hin nach Keitum gemacht, als mir die vielen Autos und Menschen in der Nähe des Kreisverkehrs auffielen. Ich fragte meine Gäste, ob sie noch etwas Zeit hätten. Sie bejahten und so steuerte ich unser Ausflugsgefährt zu dem besagten Platz. Und da fiel mir ein, welches ausgefallene Ereignis uns hier erwarten würde – ein Ringreitturnier – ein authentischer Inselsport, den es hier seit vielen Jahren gibt.

Ich parkte das velotaxi und wir gingen die letzten Meter zu Fuß. Freudig erzählte ich den beiden, was ich glaubte, was wir gleich zu sehen bekommen werden, ein Ringreitturnier. Und so kam es dann auch.

Beim Ringreiten, eine uralte friesische Tradition, handelt es sich um einen Pferdesport. Bei diesem soll der oder die Reiter/in einen wirklich kleinen Ring im Galopp mit einer Lanze aufspießen, der an dem sogenannten Galgen befestigt ist. Die Wurzeln des Ringreitens reichen bis ins Mittelalter zurück. Der damals so beliebte Ritterkampf, bei dem viele Reiter mit ihrem Leben zahlten, wurde im 16. Jahrhundert in einen Reitsport umgewandelt – der Gegner wurde durch einen Ring ersetzt. In Norddeutschland dreht sich in den Sommermonaten alles um den Pferde-Präzisionssport, denn in fast jedem kleinen Ort finden jährlich Ringreiterfeste statt. Es hat den Charakter eines Volksfests.

Bei den Turnieren auf Sylt wird das Ringreiten als Wettkampf abgehalten. Dabei kämpfen die Reiter um den Titel des Königs und die Damen um den Titel der Amazone. Auch hier sind Zelte aufgestellt, in denen die Gäste mit kulinarischen Genüssen versorgt werden. Auf Sylt gibt es acht Ringreitervereine mit über 200 Mitgliedern. Sie tummeln sich auf der Insel und halten in den Sommermonaten ihre Turniere ab. Diese finden in Archsum, Morsum und Keitum statt und werden stets von viel Publikum bestaunt.

Das Erste, was wir sahen, waren viele Reiter in prachtvollen Uniformen auf stolzen Pferden. Jeder dieser Reiter trug verschiedene Orden und Auszeichnungen an seinem Revers. Manche Pferde hatten eine rote Schleife in Schweif. Das bedeutete, dass der Reiter im Laufe des Turniers bereits mehrere Ringe aufgespießt hatte, wie ich später erfuhr. In der Mitte des Platzes waren 6 weiße hohe Stangen aufgestellt. Von diesen Stangen gingen dünne Schnüre in die Mitte, die leicht nach unten hingen. Und dort konnte ich aus der Ferne nur einen kleinen Tannenzweig erkennen.

Ich fragte mich anfangs, was das alles zu bedeuten hatte. Meine beiden Gästen konnten sich auch keinen Reim darauf machen, da sie so etwas auch noch nicht miterlebt hatten. Also fragte ich die Besucher, die neben mir standen. Sie erklärten mir, dass in der Mitte neben dem Tannenzweig ein kleiner Ring hängt und der musste mit der Lanze getroffen werden. Mit etwas zusammengekniffenen Augen konnte ich dann erkennen, was die anderen meinten. Tatsächlich da hing ein kleiner goldener Ring, wow!

Die nächste Turnierrunde begann gerade und die Reiter und Pferde stürmten einzeln im Galopp auf die Galgen zu. Nach einigen vergeblichen Versuchen hörte ich einen lauten Jubelschrei. Da hatte doch tatsächlich jemand den Ring mit der Lanze getroffen. Stolz präsentierte er die Trophäe. Und weiter ging es. Es waren insgesamt drei Felder, auf denen sich die Reiter verdient machen konnte. Sobald ein Ring getroffen wurde, wechselte die Ringgröße und wurde in einen noch kleinen Ring getauscht. Insgesamt waren 3 Ringe notwendig um als Sieger der Turnierrunde vom Platz zu gehen. Dann wurde der Schweiß des Pferdes mit einer roten Schleife dekoriert.

Wir schauten dem fröhlichen Treiben noch eine Zeitlang zu und verabschiedeten uns dann von den anderen Gästen. Es war ein wunderschönes Erlebnis, bei dem wir spontan zuschauen konnten und meine beiden Gäste strahlten über das, was sie gesehen und mitgenommen hatten.